I0668090

Ce livre est dédié à cet ange tombé du ciel qui me suit au quotidien pour m'apporter un regain d'inspiration, force et confiance afin de me permettre de poursuivre cette aventure.

Le deuxième volume nous emmène au cœur de la principauté de Monaco.

Jeff De Levens

My Secret Angel Company

N° ISBN-13: 978-2-9560848-3-9

Nous avons tous la liberté de rêver, ce pouvoir que nous possédons de voyager dans un monde virtuel. La force de l'esprit invite chaque personne à se sublimer ou à s'évader dans un univers que l'on se crée. Suivez-moi, je vous invite dans le monde des rêves pour une nouvelle aventure...

UGO

CHEVALIER DES REVES

L'habit
ne fait pas le moine

TOME 2

L'habit ne fait pas le moine

UGO est toujours sous l'emprise de son aventure au cœur des templiers.

Il garde en lui cet effet de surprise, en ouvrant les yeux et en apercevant Carole à ses côtés, lui tenant la main. Il remarque immédiatement les fameux stigmates qu'elle porte sur son visage. Il se remémore les moments intenses de son épopée surtout celui du retour de la porte des rêves. Il y a encore quelques secondes, elle était blottie dans ses bras, et maintenant elle se trouve juste là, assise près de lui.

Il apprécie et savoure discrètement cet instant,

tout en balayant du regard les convives toujours aux petits soins qui lui accordent une attention particulière.

Pour éviter tout soupçon, il essaie malgré tout de rester distant envers Carole, sans rien laisser paraître, sur les évènements qui viennent de se dérouler.

Ella lui repose la question :
-   Es-tu certain que ça va mon chéri ?

Ugo :
-   Oui… oui … ça va mieux !

Martine:
-   Vous devriez boire un peu d'eau.

Ugo :
-   Oui, je veux bien merci.

Ella s'empresse de le servir. Toujours allongé sur le canapé, Ugo se redresse, Carole lui lâche la main en prenant un peu de recul pour faire place à Ella. Martine s'approche également dans le but d'apporter son soutien.

Carole en reculant culpabilise tout en s'évadant dans de profondes réflexions :

- Mais… Qu'est-ce qui m'a pris de m'agenouiller ainsi auprès d'Ugo, pourquoi ne me suis-je pas contrôlée, que va penser Ella ? Et pourquoi cette stupide phrase prononcée au moment où j'ai pris sa main, comme pour le rassurer et justifier ma spontanéité !

Elle ne peut expliquer cette osmose entre eux dans ce monde comme dans l'autre, elle en est même dérangée, refusant cette évidence. Serait-ce… Ce fameux « fil rouge »?! Une vieille légende populaire orientale, provenant plus précisément d'Asie et originaire de Chine, nous raconte dans plusieurs versions que deux âmes sont unies par le fil rouge du destin dès leur naissance ou leur départ « pour l'après ».

Il y est rapporté ceci :
la connexion est tellement forte que les forces de l'alchimie qui en résultent échappent à la raison…

Ce fil rouge bien qu'il soit invisible aux yeux des humains, nous accompagne déjà depuis notre naissance, endosse tous ces multiples virages que nous prenons et traverse avec nous notre vie. Il unit les âmes indépendamment du temps, de l'endroit ou des circonstances, les guide à travers le tumulte de la vie, de façon à ce qu'elles ne se perdent jamais et qu'elles finissent toujours par se rencontrer.

Comme il est majestueux dans son rôle, tantôt élastique puissant, il peut s'étirer, tantôt fil à broder spécial, il ne peut s'emmêler et peu importe qu'il se détende, qu'il se tende ou qu'il fasse cent fois le tour de la planète, jamais il ne cassera !! Cela se matérialise par «Le partage d'un destin ».

Engourdie par la douleur, mais aussi par le besoin de respirer, c'est la voix d'Ella s'adressant à Ugo qui la ramène au milieu de cette pièce et la force à abandonner ses réflexions.

Ella à Ugo :
-   Voilà ton verre d'eau chéri !

Tout en faisant de la place à sa femme, Carole recule se relevant en passant machinalement la main sur son front douloureux. Elle fixe encore Ugo qui de son côté se redresse sans dire un mot, quant à elle, sur son visage s'imprime un rictus de douleur qui laisse deviner son état….

Carole, le regard fuyant, s'enfonce de nouveau au plus profond de ses pensées :
-   Décidément, je ne suis pas dans mon assiette,

tout comme Ugo d'ailleurs, quelque chose nous dépasse. Tout me revient en mémoire, mais quel est donc ce délire ? Pourtant, moi qui suis de nature réaliste, volontaire et combative, je ne me reconnais plus. Chez moi l'instinct et l'action sont étroitement mêlés, car pour exister, j'ai besoin d'agir concrètement au travers de belles sensations, d'émotions, de passions, j'aime les êtres et les choses authentiques.

Alors forcément, pour moi, le fait de me cacher derrière une carapace, me donne la désagréable sensation d'être isolée dans une grotte seule au milieu de nulle part. Evidemment, cela me permet de prendre du recul, de recharger mes batteries pour enfin me fondre aux autres. Je sais bien que mon côté lunaire, représente mon imagination, mon esprit créatif, ma sensibilité, mon instinct, mon sens des affaires aussi.

Mais, cette histoire me laisse perplexe, moi qui déteste les contraintes, j'ai signé cette Charte et me suis engagée pour mener à bien des missions, tenter de changer le cours de l'histoire et peut-être, provoquer de grandes dissertations sur le sens de la vie et de l'Univers.

Ugo toujours sensible aux réactions de Carole se rend compte que celle-ci est restée immobile, le regard totalement figé, perdue dans les abîmes de sa réflexion. Il voudrait lui parler et surtout lui répondre, mais il ne le fait pas et la laisse s'évader.

Soudain Il la dévisage avec encore plus d'étonnement, car il remarque qu'elle n'a aucun mouvement de lèvres et qu'il perçoit toutes ses pensées.

La surprise le dépasse, il guette sur son visage le moindre frémissement de sa bouche afin de se rassurer et surtout s'assurer qu'il ne divague pas. Aucun doute possible, il est bien forcé de se rendre à l'évidence, le flot de paroles ou plutôt cette vague de pensées émises par Carole qui lui arrive directement, occupe l'intégralité de son esprit et ce, bien malgré lui.

Les invités s'activent autour d'Ugo mais Carole reste totalement absente à ce qui l'entoure. En pleine méditation, elle continue l'exploration de sa pensée et s'engouffre dans cet univers et ses mystères.

Elle repart de plus belle :
- Oui, ce qui découle d'un univers, c'est son unité, tournée vers un but commun. Le fil rouge aurait-il pris naissance en ce lieu ?

Nikola-tesla dans l'une de ses citations mentionne que la science, elle aussi, reconnaît enfin cette connexion entre les individus séparés, peut-être d'une manière quelque peu différente, mais si c'est réellement cela, après tout, laissons l'avenir nous surprendre et que le présent reste le présent.

Ugo est impressionné par la thèse de Carole, il cherche un moyen discret de lui faire signe afin de la prévenir que bien malgré lui, il entend ses pensées. Pourtant quelque chose d'étrange l'en empêche, il ne sait pas pourquoi, mais dans son for intérieur une force invisible lui recommande de s'abstenir.

Il surveille encore attentivement les propos de Carole qui lui arrivent.

Carole vagabonde dans ses pensées :
-   Je sais que chacun de nous a un rôle ici-bas et que le futur peut se préparer au travers d'un travail d'accomplissements et de volonté... C'est ça, je viens d'entrebâiller une porte, réflexions faites ce n'est véritablement pas par obligation que j'ai paraphé cette charte. Oui, je l'ai signée pour trois raisons.
La première, toutes mes interrogations sur tous ces rêves étranges et tellement fréquents où Ugo apparaissait. De plus cette certitude de les avoir vécus, mais aussi tous ces réveils brutaux avec dans la main cet étrange médaillon que je n'avais jamais vu auparavant. Et voilà à présent cette énorme bosse sur le front, finalement tout s'explique.

La seconde raison est, qu'après avoir repéré Ugo au fond dans l'autre pièce de verre, j'ai ressenti à chaque fois cette osmose... Et toujours cette belle connexion lorsque nos regards se croisent... De plus cette curiosité et cet étrange trouble qui l'ont emporté sur la peur et ce refus en moi de l'admettre. Il est vrai que j'ai une sainte horreur de rester dans l'ignorance, je me dois toujours de trouver une réponse à mes questions.

La troisième et dernière raison c'est que... voyons voir même si je suis attirée par l'inconnu, au fond j'aime bien ressentir ces mélanges d'émotions. Et puis, je crois surtout que j'ai une attirance pour Ugo, il me faut le reconnaitre, même si cela reste un amour mystérieux pour nous deux.

Ugo vient de recevoir la plus belle déclaration d'amour, il a le cœur qui vient de bondir tout en battant la chamade. C'est plus qu'il n'espérait... Il est encore sous l'émotion de ces aveux. Il se doit pourtant de les ignorer alors qu'il n'a qu'un souhait celui de répondre à Carole.

Brusquement, son attention est détournée par l'apparition de la petite fille en blanc :

- Non !! Non !! Ugo ce n'est pas le moment...

Ugo tourne la tête pour lui répondre, alors que celle-ci disparaît aussitôt laissant la place à la petite Angélique. Il n'a pas le temps d'ouvrir la bouche que Martine lui conseille déjà.

Martine :
- Vous devriez manger quelque chose, vous avez besoin de reprendre des forces.

Ella :
- Oui chéri, prends donc quelque chose de sucré. Goûte une part de ce gâteau.

Ugo se relève, joue le jeu, se laisse cocooner et s'approche de la table, tout en saisissant de la main gauche l'assiette à dessert qu'on lui tend. Brusquement il se rend compte que les doigts de sa main droite sont encore crispés, il les desserre lentement un à un, pour se rendre compte qu'il a toujours en sa possession les pièces récupérées dans le château. Discrètement, il prend soin de les glisser dans sa poche.

Carole a suivi la scène mais en bonne complice ne bronche pas. Ugo se concentre sur sa portion de pâtisserie et la savoure lentement...
Les invités sont désormais rassurés de voir Ugo reprendre des couleurs car son malaise s'est bien dissipé.

L'ambiance revient, tous retournent peu à peu à leurs discussions, tout en avalant ce succulent tiramisu que Margot a concocté avec plaisir... Ils adressent une avalanche de compliments à cette pâtissière hors pair. Ce qui ne manque pas de la toucher au point de la faire rougir, son visage exulte de satisfaction.

Le champagne épouse à la perfection ce dessert d'exception. À nouveau, les coupes se vident et se remplissent rapidement au son de ses petites phrases.

Éric :
- À la tienne mon pote !!!

Tony :
- Tchintchin !

Albert :
- À la nôtre ...

Ella :
- À ton rétablissement mon chéri...

Ugo n'a pas le cœur à boire mais participe à cet échange, il tend le bras en direction de chacun jusqu'au tintement du cristal, répondant avec plaisir à la petite expression de chacun...

Martine, Marc et Margot présentent tour à tour leur coupe, accompagnant le geste d'un clin d'œil et un large sourire confirme une sincère amitié. Seule Carole préfère se mettre un peu en retrait, elle est encore gênée par son comportement. Ugo à bout de bras lui tend le verre, elle s'approche, puis trinque timidement et silencieusement…

Ils se fixent les yeux dans les yeux comme le veut la tradition, les verres tintent d'un son continu, les sourires discrets illuminent leur visage alors que celui de Carole commence à rougir.

Elle recule presque immédiatement pour ne pas se retrouver à nouveau dans cette situation trop embarrassante, tout en pensant :
- Ugo! Ugo ! Mais que se passe-t-il, si tu savais comme j'ai une envie folle de t'embrasser, c'est fou… Je crois qu'il vaut mieux que l'on s'en aille parce que je ne sais ce qu'il m'arrive, mais je ne maîtrise plus mes sentiments...

Albert interrompt Carole dans ses pensées, il a ressenti ce petit malaise et anticipe le départ en lui suggérant :
- Tu me sembles bien fatiguée ma chérie! Ne crois-tu pas qu'il est temps de prendre congé… Nous avons encore de la route pour rentrer sur Monaco.

Carole docile approuve :
- Oui, tu as raison! Je termine ma coupe et nous y allons.

Même si personne ne semble prêter attention à

cette remarque, cet intermède s'avère précipiter le départ des convives, laissant ainsi les maîtres des lieux à leur intimité. C'est ainsi que chacun récupère son vêtement au vestiaire et se dirige vers la sortie.

Carole perturbée, avant de prendre congé d'Ugo, plante une dernière fois son regard dans le sien accompagné d'une profonde pensée :

- Ugo, mon sauveur, je n'ai vraiment pas envie de te quitter.

Ugo savoure cette nouvelle déclaration et la regarde tendrement sans répondre.

Albert qui semble sérieusement agacé par cette situation, tire Carole par la manche de sa veste tout en ajoutant:

- Il nous faut y aller à présent, nos hôtes ont besoin de se reposer, merci encore pour cette excellente soirée...

Carole enchaine:

- Oui ! Oui ! On y va ... Merci infiniment et à bien tôt. Une prochaine fois nous serons très heureux de vous recevoir...

Au terme des toutes dernières banalités et petites phrases de fin de soirée échangées avec politesse, la porte se referme sur nos hôtes bien fatigués, mais heureux.

Aussitôt, l'intimité reprend possession des lieux, une atmosphère plus feutrée et câline s'installe. Ils se dévisagent, la fièvre grimpe accompagnée d'une montée d'adrénaline dans ce feu charnel qui les enflamme jusqu'au plus profond d'eux-mêmes, laissant présager une nuit torride.

Ella brûlante d'amour, comme à son habitude prend l'initiative et s'approche de son mari dans une attitude des plus coquine . Elle tend ses bras et enlace le cou de son homme avec tendresse. Il en fait de même en l'enserrant par la taille.

Carole et Albert quant à eux ont regagné leur véhicule, et visiblement ils sont loin des instants magiques de leurs hôtes. Ils prennent place dans l'habitacle sans un mot. Albert est au volant, démarre, puis prend le trajet le plus rapide via l'autoroute en direction de Monaco.

À vrai dire, chacun est dévoré par des sentiments différents qu'ils ne contrôlent pas vraiment ce qui engendre une atmosphère tendue, dont l'issue fatale est cette dispute qui finit par éclater dans la voiture qui roule à toute allure. Le conflit paraît inévitable alors qu'aucun des deux n'ose entamer la discussion évitant le risque de provoquer une altercation.

C'est Albert qui lance les hostilités, rongé par la colère couplée à un brin de jalousie :

- Ton comportement est inadmissible, tu crois

que je n'ai pas remarqué votre petit jeu ! Vous vous connaissiez déjà ?

Carole surprise par cette affirmation abandonne sa culpabilité et se défend:
 - Quoi ??? Mais, tu es malade ou quoi ?

Albert:
 - Inutile de nier! J'ai vu vos regards...et l'autre qui s'évanouit pour qu'on s'occupe de lui et...

 Carole furieuse :
- Comment oses-tu mettre en doute l'état de santé de ton collègue. Oh! Bien sûr je le connais. Oui, à travers tout ce que tu en as dit...Tu m'en parles tous les jours... Je sais, tu ne l'as jamais aimé, mais alors pourquoi m'as-tu emmenée ? La jalousie te dépasse et...
Albert loin de se calmer réplique en freinant d'un coup:
- Donc tu reconnais que vous vous connaissez ... Bravo ! Et tu le défends en plus !!!

Un véhicule qui les suit, klaxonne brutalement et les fait sursauter, ce qui oblige Albert à faire un écart pour se ranger sur la bande d'arrêt d'urgence. La surprise passée, la dispute reprend et un dialogue de sourd s'instaure. Carole frôle la crise de nerfs puis s'effondre en larmes devant tant d'injustice, et dans un dernier sursaut de colère exige qu'il la dépose immédiatement sur le bord de la route. Ce qui a pour effet de calmer Albert qui reprend ses esprits et trouve la bonne attitude pour apaiser l'ambiance.

Un silence pesant s'installe, le trajet jusqu'au domicile paraît interminable. Curieusement, Carole se réjouit à présent de cette explication forcée qui finalement la rapproche et lui rappelle ses souhaits. Toutes ces émotions déroutantes qui l'envahis- sent au moment où ses pensées s'envolent vers Ugo... Cette image qui tourne en boucle dans son esprit, où son héros, il y a quelques minutes encore, la tenait bravement dans ses bras. Elle garde encore la sensation de cette chaleur et ces frissons qui l'ont parcourue dès les premiers instants.

Quelques jours plus tard. Un matin, après le départ d'Albert, Carole n'y tenant plus décide de décrocher son téléphone, avec la ferme intention de revoir son chevalier des rêves afin de l'inviter à lui rendre visite dans son bureau :

- Ugo ! Es-tu disponible cette semaine ? J'ai vraiment besoin de te parler, c'est important.

Ugo essayant de contenir sa joie :
-   Oui bien sûr, je peux me libérer... donne-moi tes disponibilités.

Carole hésitante :
- Je dirais bien à ta convenance, mais ...

Ugo l'interrompt en riant :
- Alors…Disons Heu… C'est moi qui te dis à ta convenance !

Tous deux éclatent de rire et Carole reprend :
- J'aurais aimé le temps d'un déjeuner mais… Il ne me reste que quelques jours et Je dois absolument boucler la prochaine manifestation culturelle que j'organise dans le cadre de l'amitié Monégasque et Chinoise. Je dois gérer la venue des artistes et la soirée de gala où le prince et le président Chinois nous ferons l'honneur de leur présence.

Ugo admiratif :
- Hé bien ! Rien que ça… Ce sont de grosses responsabilités.

Carole :
- Oh ! Que oui !!! En tant que présidente des manifestations culturelles du royaume, je ne dois pas me louper. Mais voyons-nous quand même, pourquoi pas aujourd'hui, on se débrouillera avec le temps, je suis au forum Grimaldi.

Ugo ravi acquiesce:
- Moi cela me convient très bien! Je ne vais pas tarder à prendre la route … Lorsque je serai là, à proximité, je te ferai signe.

La communication a été brève mais efficace. C'est tout ce qu'Ugo apprécie et si Carole a son cœur qui bat la chamade, Ugo n'est pas en reste. Il est tout émoustillé à l'idée de revoir enfin la femme de ses rêves…Il espérait en secret ce rendez-vous.

Ella son épouse est déjà partie au travail depuis un bon moment. Il s'attardait sous la douche mais à présent le temps presse… Et le voilà qui s'active et se prépare en toute hâte. Heureux à l'idée d'inaugurer sa nouvelle voiture, pour cette circonstance inespérée, le tout dernier modèle cabriolet Porsche, livré la veille.

Le temps de rassembler ses affaires, de fermer la maison, et le voilà assis sur le siège conducteur qui s'ajuste automatiquement à son physique et dont il savoure le confort qui l'enveloppe. Mais aussi cette délicieuse odeur de cuir qui se dégage des sièges embaume l'habitacle, elle se confond merveilleusement avec la beauté du tableau de bord en bois de rose. Chaque détail le ravit, il se félicite de cette acquisition coûteuse mais dont il rêvait depuis si longtemps.

Cela fait bien plus d'un mois qu'il n'a pas conduit, mais curieusement rien ne le perturbe et aucune appréhension ne l'effleure. Il est parfaitement prêt à prendre la route dans un tel bolide ultra sophistiqué de la toute dernière génération, qui le sécurise plus qu'il ne l'impressionne.

Il déborde de joie, certainement envahi par ce mélange d'émotions passionnées et d'excitation de rouler vers sa belle dans cet engin d'exception. Il fait rugir le moteur, gonflé de fierté en coiffant les autres conducteurs à chaque démarrage.

Mais aussi galvanisé par cette folle assurance d'être dans les pensées amoureuses de Carole. Ses prières ont bien été entendues, puisque c'est elle qui le sollicite et lui demande de venir à sa rencontre.

Instinctivement et sans hésitation, Il suit les conseils de la voix suave de son GPS, interrompu parfois par un rappel à l'ordre de la limitation de vitesse du signal en forme d'aboiement de son « Coyote », ce qui l'oblige avec un sentiment de frustration à ralentir.

Il est tout à fait confiant sachant désormais qu'il a de bons indicateurs.

Il roule déjà depuis plus d'une demi-heure, arrive à un carrefour et s'arrête pour respecter le feu tricolore. En tournant la tête, voulant épier l'effet de son véhicule hors du commun sur les autres conducteurs, il aperçoit dans le véhicule bruyant qui le côtoie, une charmante créature, qui cachée derrière d'imposantes lunettes de soleil, chante à tue-tête, à se décrocher les mâchoires.

Ugo sourit de cette scène plutôt cocasse se disant

qu'il y a des gens aussi heureux que lui...

Puis tout en laissant son regard vagabonder sur les véhicules alentours qui circulent, il remarque soudainement la silhouette du conducteur qui siège dans la superbe BMW d'en face. Il reconnaît immédiatement son ami Albert dans ce bolide somptueux repérable à cent lieues à la ronde. Il tente d'attirer son attention d'un signe de la main, c'est peine perdue car le feu passe au vert et la circulation reprend.

Intrigué par la présence d'Albert en cet instant précis, sachant que celui-ci devrait se trouver à son bureau.

Ugo sans réfléchir décide de le pister, pris d'une réaction impétueuse qu'il ne s'explique pas mais qu'il suit sans se poser de questions. Finalement il s'en amuse lorsqu'il en prend conscience, gardant finement ses distances pour ne pas se faire remarquer dans cette étrange filature.

Il veut à tout prix faire une galéjade à son collègue en le retrouvant par surprise. En revanche il est très intrigué par le chemin qu'emprunte Albert, qui n'a rien à voir avec son parcours habituel.

Pourtant c'est toujours dans cette optique de le surprendre, et de lui faire cette fameuse blague, qu'il continue à le suivre sans réfléchir.

La BMW s'éloigne de plus en plus de la ville, sillonne des nationales, aborde des départementales, poursuit sa route, avant de s'engager sur un chemin tortueux qui s'enfonce profondément dans la nature et finit par aboutir dans une clairière.

Ugo est toujours à distance, mais alors qu'il était simplement étonné, le voilà sérieusement déconcerté... Il a arrêté le moteur de sa Porsche garée à une centaine de mètres de son ami sans que celui-ci n'ait pu flairer sa présence. De son poste d'observation il décortique tous les faits et gestes d'Albert qui commence par sortir de sa voiture, la contourne, ouvre le coffre et en extrait un gros sac de sport. Ugo ne pensait pas que son collègue de travail soit aussi sportif, il descend à son tour du véhicule tout en se faisant le plus discret possible.

Désormais, poussé par cette surdose de curiosité qui le taraude, le voilà plus que déterminé à le suivre. Albert s'enfonce davantage dans le bois en empruntant un chemin forestier où sa silhouette s'efface de plus en plus.

Ugo peine à le rattraper mais se fraye un passage entre les branchages suivant le même itinéraire que son collègue. Pour ne pas attirer l'attention de son prédécesseur, il se faufile comme il peut entre les feuillages, jusqu'au moment où il perd complètement sa trace.

Furieux il s'en veut, fulmine et continue son chemin.

Tenace, il ne s'avoue pas vaincu. Il persévère en se laissant guider par son intuition. Autour de lui la nature et les arbres, lui semblent subitement hostile. Porté par cet élan de curiosité et malgré la crainte de s'égarer, il persévère. Entre la bise qui souffle faisant danser le feuillage, il finit par percevoir dans le lointain, des voix qui augurent qu'il est dans la bonne direction.

Son obstination finit par payer, il aperçoit deux individus s'introduire dans ce qui semble être l'entrée d'une caverne. Trop distant pour affirmer qu'Albert soit parmi le duo. Le mystère s'épaissit, son inquiétude aussi, mais l'élément dominant reste cette curiosité si puissante qu'il n'hésite pas à les suivre.

Le voilà à présent à proximité de la grotte, il avance furtivement tel un prédateur minimisant le bruit de ses pas sur les feuilles mortes. Il se trouve maintenant devant ce trou béant, où une pénombre soutenue l'empêche de distinguer le moindre détail. Il comprend qu'il ne peut plus se diriger sans l'aide d'une lampe de poche.
Il prend conscience subitement qu'il se retrouve isolé et seul dans ce silence effrayant, à tenter de braver l'inconnu, ce qui est loin de le rassurer.

Pourtant le désir de découvrir cette énigme l'emporte sur la raison.

Sans la moindre hésitation, il sort son portable, actionne l'application de sa lampe torche, avant de pénétrer prudemment à l'intérieur, guidé par ce faisceau lumineux et réconfortant.
Après quelques mètres, la galerie bifurque sur la droite ce qui lui permet d'apercevoir des lueurs au loin.

Il sursaute lorsque la petite fille en blanc apparaît et lui intime l'ordre de partir au plus vite.
L'ange blanc :
- Ugo ! Tu n'as pas à être ici, tu cours un grand danger, sauve-toi au plus vite avant qu'il ne soit trop tard !

A peine cette injonction prononcée, son image s'estompe.
Ignorant les recommandations de la gamine, obstiné, il ne peut s'empêcher, d'avancer encore un peu, constatant que sur les parois de part et d'autre, sont fixées des torches qui dégagent une faible lueur, mais suffisante pour se déplacer.
Pourtant, le voilà stoppé net dans son élan par la vision de ce qui semble être deux gardes devant l'entrée d'une autre galerie.
Ils sont là, à quelques mètres de lui, immobiles, vêtus d'une tenue très sombre, une longue cape

les couvre jusqu'aux pieds, chacun portant un masque identique de même coloris qui cache leur visage. Impossible de reconnaître quiconque.

Ils tiennent une épée à la verticale dont la lame est portée vers le haut. Ce qui intrigue davantage Ugo, ce sont les chants et incantations qui par effet d'écho, parviennent à ses oreilles.

Ugo essaie d'écouter en s'efforçant d'identifier ce type musical, quand tout à coup la sonnerie de son portable le fait sursauter.

Passant de la surprise à la peur, il interrompt instantanément l'appel, mais c'est en vain car l'alerte est donnée. Les gardes se dirigent aussitôt en direction de la sonnerie qui les a interpellés.

Ugo paniqué, virevolte et prend aussitôt la poudre d'escampette en direction de la sortie. Il réagit avec une telle promptitude qu'il laisse sur place ses poursuivants, ceux-ci n'ont pas eu le temps fort heureusement de le voir.

Alors qu'Ugo reprend à toutes jambes le chemin du retour, les gardes, eux, une fois devant l'entrée constatent qu'il n'y a personne. Leur subterfuge est de rentrer, puis aussitôt ressortir pour se rendre à l'évidence, les environs sont réellement déserts. Persuadés qu'il n'y a vraiment personne, ils s'en retournent bredouilles à leur poste.

Quand à Ugo, essoufflé il pénètre précipitamment dans son véhicule, encore effrayé par la poursuite des gardes qu'il pense toujours à ses trousses. Tout en mettant le contact et bénissant la puissance de son bolide, il démarre en trombe. La sonnerie du téléphone retentit à nouveau alors qu'il roule encore sur ce chemin forestier.

Soudain sa conscience lui rappelle que dans l'affolement de son périple, il n'a pas eu le temps de prendre connaissance de la provenance de l'appel qui a chamboulé ses plans.

La sonnerie se déclenche une énième fois avant qu'il ne se décide enfin à répondre. Son cœur palpite toujours à deux cents à l'heure, puis la voix de Carole au téléphone l'apaise instantanément, ce qui lui permet de récupérer illico un rythme cardiaque normal.

Carole inquiète :
- Ugo ! C'est moi... Tout va bien ?

Suite à l'effort qu'il vient de fournir Ugo répond essoufflé :
- Oui ...Carole ...Ça va !

Carole :
- Mais tu m'as bien dit que tu arrivais... Il y a déjà plus d'une heure... Que se passe-t-il, tu n'as

pas l'air bien... Tu as l'air essoufflé ?

Ugo terrifié et toujours sous le choc de ce qu'il vient de vivre, se retrouve confus d'avoir oublié pour un temps, l'existence de sa belle. Il tente de se rattraper en lui fournissant la seule excuse plausible qui lui vient à l'esprit :
-   Désolé, je ne me suis pas rendu compte que cela faisait déjà une heure... En fait, j'ai fait quelques achats... Je n'ai pas vu que le temps filait à cette allure, mais j'arrive ne t'inquiète pas.

En raccrochant Carole pensive se fait la réflexion suivante :
- Hé bien, je suis impatiente comme une midinette, je ne me reconnais plus... Mais quel bonheur de sentir mon cœur ressusciter et revivre toutes ces émotions oubliées depuis si longtemps et auxquelles je ne m'attendais plus.

Elle se dirige vers son miroir, un dernier regard à son maquillage et sa coiffure puis se surprend à chantonner un air qui vient de la cuisine où la radio en sourdine diffuse le tube du moment : De l'amour, de l'amour...de l'amour.

Une fois la communication terminée, Ugo quant à lui se retrouve dans la mélasse d'un trafic routier plus que chargé, mais poursuit tout de même sa route en direction de Monaco......

Pendant ce temps, ignorant qu'il a été suivi, Albert poursuit son périple au cœur de la confrérie obscure vivant chaque seconde de son entrée dans la caverne. Après avoir franchi le premier filtre des gardes, le voilà dans une immense salle. Chaque élément : les pas, les sons, et les paroles sont démultipliés par la hauteur des cavités ainsi que la résonance qui l'imprègne d'une sensation indéfinissable, elle lui déclenche des frissons qui l'envahissent et parcourent tout son corps.

Un troublant décor mystique vient s'ajouter à cette ambiance. Des torches enflammées sont fixées aux parois. Un pupitre orné de bougies semble être le point central de ce lieu.

Malgré d'autres bougies enflammées érigées sur d'étranges colonnes, bizarrement il n'y a guère plus de luminosité.

La flamme danse au bout de ce bâton de cire, elle est vive et pourtant dégage très peu d'éclat.

Une vingtaine d'individus, tous vêtus de noir se tiennent silencieux, debout, bien droits, face à cet antre agrémenté de sculptures effrayantes.

Les battants de la porte tout aussi énigmatiques sont encore fermés.

Tous les disciples semblent attendre un signe, une autorisation, un ordre pour la franchir.

Un silence impressionnant et pesant règne dans cette caverne.

Soudain à travers la porte une voix grave perce le silence :

- Mes frères, le grand intendant de la confrérie du cauchemar vous invite à pénétrer dans le temple sacré et à y prendre place.

Toujours dans un silence indéfinissable tous les adeptes rejoignent leur poste.

Puis le grand intendant enchaîne :

- Du fond des ténèbres, guidé par la voix du grand bâtisseur du monde obscur... Je déclare ouvert le début de nos investigations.

Tous les nombreux adeptes dans l'anonymat le plus complet se tiennent dans une attitude pleine de respect face à cet illustre personnage, faisant preuve d'un incontestable dévouement.
Ils demeurent debout, devant leur interlocuteur, dans cette position où d'une main ils pointent leurs épées vers le sol et de l'autre, forment une sorte de salut portant les doigts en équerre sous le menton, tout comme le ferait un couteau prêt à trancher la jugulaire.

Le grand intendant :

- Mes frères... Quittez l'ordre et prenez place !

Tout le monde s'exécute dans un silence absolu, seul un léger bruissement de vêtements se fait entendre et accompagne le frottement des lames sur la pierre. Suite à son laïus donnant le ton de la cérémonie, le grand intendant demande à ses Maîtres exécutants, de commencer le rituel d'ouverture des investigations.

Le Frère premier exécutant :
- Vénérable Intendant … De par la mission que vous me confiez et avec l'aide du grand bâtisseur du monde obscur, j'annonce l'ouverture de nos travaux, dans le monde du cauchemar…

Il s'en suit pendant plus d'une heure, un rituel amphigourique mené avec art et manière par nos conquérants ésotériques.
Le frère rédacteur qui est en charge de la lecture de cet ordre du jour, se met à développer toutes les nombreuses étapes sur les travaux réalisés lors des précèdentes réunions.
Après avoir validé les points de l'ordre du jour, il annonce que le grand Intendant va faire état d'une nouvelle de la plus haute importance et celle-ci requiert l'attention de tout l'hémicycle.

Le grand intendant :
- Mes frères comme nous l'avions évoqué lors de votre dernière visite au sein du temple, il nous faut impérativement récupérer les pièces d'or estampillées d'inscriptions chinoises. D'après nos fidèles indicateurs, à présent, nous sommes

dans la certitude que celles-ci ont bien été retrouvées. Elles ont été rapportées au travers des âges par les chevaliers des rêves, et se trouvent à présent entre les mains de cette confrérie. Tout comme eux... Nous avons en ce qui nous concerne, également cette possibilité de voyager dans le temps, alors pourquoi ? ....Oui ... Pourquoi ne sommes-nous pas en possession de ce trésor ?

Le Frère gouvernant :
- Vénérable grand intendant, je demande la parole

Le grand intendant :
- Vous l'avez frère gouvernant.

Le Frère gouvernant :
Laissez-moi vous rappeler que notre envoyé le Comte de Monsart en a été dépossédé lorsqu'il a subit l'assaut des gens d'armes du roi.
Dans cette course poursuite ce sont les chevaliers du monde des rêves qui ont saisi l'opportunité de s'en emparer. Ce que je sais également, c'est que le jeu de pièces reste incomplet pour reconstituer le premier indice du secret de ce mystère de la boîte des rêves.

Le grand intendant :
- Incomplet ? Dites-vous... Eh bien! Éclairez-nous

frère gouvernant... Soyez plus précis dans vos propos...

Le frère gouvernant :
- Inutile de vous rappeler qu'il y a plusieurs milliers d'années, les Atlantes, une civilisation bien supérieure à la nôtre, détenait par la maîtrise de l'esprit sur l'être humain, le pouvoir absolu. Cette capacité à dominer et dicter toutes les volontés aussi bénéfiques ou malfaisantes soient-elles. Une féroce bataille s'était déclarée entre les fils de Napol, le monarque de cette civilisation qui détenait à lui seul le secret de cette puissance particulière de droit et de fait. Afin d'éviter que cette guerre fratricide ne dégénère, Napol décide de répartir les maillons de cette chaîne du mystère de la boîte des rêves, en les dispersant, en divers endroits de la planète. Ils sont au nombre de sept, chacun de ces indices est indispensable pour la reconstitution de son secret. Savez-vous que les deux pièces trouvées chez les templiers sont une partie d'un maillon qui en compte cinq. Les trois manquantes seraient dans la région Génoise, aux mains des moines Franciscains.

Le grand intendant :
- Frère gouvernant !... Toutes mes félicitations pour votre brillant exposé et votre efficacité. Je vous laisse le soin de me rapporter l'ensemble des

pièces et d'organiser les recherches.

Voilà ! Tout est dit... Je vous demande de m'aider à clore cette réunion par l'office qui s'y prête. Veuillez-vous rapprocher du centre de la salle. Mettez-vous autour de l'astre des ténèbres afin d'honorer ensemble le seul grand bâtisseur du monde obscur et, ainsi achever ce cérémonial.

Tous les adeptes se rassemblent formant un cercle autour de l'astre éteint, chacun pointant son épée vers le sol de la main gauche quant à la droite elle, se trouve posée sur l'avant-bras de l'acolyte positionné à ses côtés. Le cercle une fois parfaitement constitué déclenche une minute d'incantations en alternance avec une minute de silence et, cela cinq fois d'affilé avant que la chaine se rompt et que chacun reprenne sa place. Un dernier salut en direction du grand intendant, avant de quitter les uns après les autres, sans bruit, la salle plongée dans cette pesante pénombre.

Loin de cette sombre cérémonie de la confrérie des ténèbres, Ugo au volant de son magnifique bolide roule sur l'autoroute, peste contre cette circulation inhabituelle causant ralentissement, avant un arrêt total de la circulation. Coincé dans ce flux de véhicule, il apprend par la radio qu'un terrible accident entre Nice et Monaco sature tous les axes routiers.

Il comprend immédiatement que son rendez-vous avec Carole est compromis. Dépité par ce coup du sort, il en informe sa promise.

Ugo :
- Rien à faire, tout est saturé même si je ne m'étais pas attardé, je ne serais pas arrivé jusqu'à toi... Peut-être serais-je même coincé sur ce lieu accidenté ou pire.

Carole :
- Peut-être que l'on t'a protégé...Oui remettons ça à demain.

Cette petite phrase de Carole, qui ne l'étonne pas lui arrache un sourire... Elle donne toujours une explication spirituelle à chaque événement, et lui, le cartésien finit par trouver cela charmant.

Le trafic est totalement immobilisé, ce qui ne lui laisse aucun choix, sinon celui de faire demi-tour en remettant leur entrevue au lendemain.
Heureusement, Ugo se trouve à proximité d'une sortie d'autoroute, qu'il prend comme tous les autres véhicules qui le précèdent.
Le voilà maintenant hors de ce bourbier, il roule sur le chemin du retour, avec à l'esprit l'épisode des hommes de la grotte. Submergé par une poussée d'adrénaline, il décide d'y retourner.
Sur le trajet, il se remémore sans cesse les propos

entendus, dans son esprit chaque acte est resté gravé, il ressasse les images de ces instants ritualistes. Conscient qu'il fut témoin d'une scène peu banale frôlant l'irréel. Il se dirige pourtant vers le lieu sans s'embarrasser une seconde des conséquences que cela peut engendrer sur sa petite personne.

Il arrive enfin sur la dernière route bétonnée avant de retrouver la piste forestière.

Un fourgon blanc le précède, ce qui gêne sa visibilité, il redouble d'attention pour ne pas rater le chemin, lorsqu'il croise un cortège de voiture, à leur tête une BMW.

Décidément cette route déploie soudainement une affluence inhabituelle. Il a bien reconnu une fois encore, Albert dans son bolide. C'est ce qui l'interpelle au plus haut point, et la surprise est grandissante à la vue de chacun des conducteurs suivants. Le premier le docteur Cover puis en second Carlos, le frère de Carole.

Ugo reste stupéfait et se range sur le bas-côté de la route, puis s'arrête pour effectuer un demi-tour laissant défiler la quinzaine de véhicules qui le croisent. Il hésite avant d'entamer sa manœuvre pour au final continuer sa route en direction de la grotte.

Plus curieux que téméraire, il retrouve le chemin. Il avance prudemment envahi par un étrange sentiment de solitude. Pourtant courageusement , il ne peut s'empêcher d'avancer, mésestimant ses capacités, même si à chaque pas il éprouve une frayeur au moindre bruit. Enfin après quelques minutes, il découvre dissimulée par des branches, l'entrée de la caverne qui s'offre à lui.

Tout en se méfiant d'une éventuelle rencontre avec ces individus, il actionne une fois de plus la torche de son téléphone en s'introduisant discrètement à l'intérieur. Son aventure est stoppée illico dès les premiers mètres, la grotte étant étrangement obstruée, il reste confronté, à un mur de roche.

Ugo ressort dubitatif pour se poster devant la cavité en se posant une multitude de questions, vérifiant qu'il ne se soit pas trompé de lieu.
Non ! Non ! Finalement, il en a la certitude, c'est bien là. Il repart penaud, avec en prime, une part d'inquiétude sur sa propre santé mentale, il n'oublie pas qu'il sort de plusieurs semaines de coma. Cogitant sans cesse, il espère ne pas être en proie à des hallucinations, se retournant une ultime fois pour vérifier et trouver un argument qui le rassure, mais effectivement, c'était bien l'entrée de cette grotte si particulière.

Un doute s'installe avec le sentiment de perdre un peu la tête, si bien qu'il s'interdit d'en parler à qui que ce soit. Il rebrousse chemin afin de rejoindre sa voiture lorsque soudain, il est saisi par une vision plus que surprenante. La présence de cette petite fille en blanc debout près de son véhicule et qui semble l'attendre.

Il s'en approche lentement, plutôt hésitant, sans la perdre du regard, de peur qu'elle disparaisse à nouveau.

L'ange blanc :

- Ton esprit est perturbé Ugo… Il est encore trop tôt pour que tu sois confronté à de telles situations.

Ce qui est censé l'effrayer provoque l'effet inverse et finalement, le rassure sur son état psychologique.

Ugo :

- Mais qui es-tu ? Et comment connais-tu ces ? Est-ce là une secte ?

L'ange blanc :

- Ne brûle pas les étapes, rends-toi demain à la confrérie des rêves et tu auras les réponses.

Au terme de cet ordre plus que formel, comme toujours et pour une énième fois insaisissable, elle disparaît, laissant Ugo complétement désemparé face à lui-même et ses questions.

Il reste statique pendant quelques minutes le temps de reprendre ses esprits. Machinalement il actionne le bip d'ouverture des portes, remonte dans sa voiture, met le contact et démarre. Il est comme hypnotisé, accomplissant tous les gestes de circonstances adaptés à la situation mais sans contrôle de son intellect.

Il avance tant bien que mal dans cette circulation qui s'est à peine fluidifiée, reprenant peu à peu ses esprits.

Ugo récupère instinctivement le chemin qui le conduit à son domicile, mais partagé par le désir fou de bifurquer vers Sophia Antipolis, pour se rendre à son bureau. Toujours hésitant il s'approche de l'intersection où il doit faire son choix. Il se décide enfin !! Et opte pour le bureau, la tentation est trop grande, l'enjeu lui semble primordial. Trop de questions se bousculent dans sa tête, il met le clignotant et s'apprête à tourner quand son mobile sonne. Il s'empresse de répondre à l'appel d'Ella.

Ugo :
- Oui !! allo !!

Ella :
- Chéri ! J'ai pris l'après-midi, je rentre plus tôt cela me permet de prendre le temps de déjeuner

avec toi. J'aimerais que nous allions au restaurant … Un petit tête-à-tête ça te dit ?

Ugo surpris, hésite une fraction de seconde :
- Heu….Bonne idée !! on se fait une pizza ?

Ella :
- Oui super, c'est justement là où je voulais t'emmener.

C'est ainsi qu'Ugo, perturbé par cet imprévisible appel d'Ella, en oublie ses objectifs et finalement il se dirige directement vers son domicile. Il est heureux, il en avait envie de cette pizza, mais cela ne lui enlève pas ce flot de questions qui le taraude. Il constate tout de même une gêne sans trop savoir pourquoi. Comme une présence qu'il ne peut voir. Il ressent cette désagréable sensation d'être épié. Machinalement il regarde dans ses rétroviseurs suspectant tous les véhicules qui le suivent.

Sa concentration est tournée vers la circulation, il roule pour retrouver sa femme et ne prête plus attention à ce sentiment qui en définitive semble se dissiper. Il ralentit, puis s'arrête respectant le feu rouge, attend patiemment qu'il passe au vert, lorsque brusquement revient en lui cette perception de mal – être.

Une voiture imposante se place juste derrière lui. Par réflexe, son regard se porte spontanément sur les occupants qu'il voit dans le rétroviseur. Un véhicule sombre, le colle si près qu'il ne peut en définir la marque, mais en revanche, il peut facilement entrevoir à l'intérieur les deux individus de type asiatique.
Impossible de les dévisager correctement car ils sont dissimulés derrière de grosses lunettes noires.

Ugo a toujours cette impression étrange en lui, sans trop comprendre ce qui lui arrive. Il attribue cela à la fatigue, peut-être à l'émotion liée aux évènements qu'il vient de vivre.

Le feu passe au vert et tous les usagers de la route démarrent. Etrangement, lorsqu'il se met à distancer le véhicule des chinois, son malaise se dissipe comme par enchantement et tout rentre dans l'ordre. Encore quelques rues et le voilà à destination.

Face à son portail, il actionne la télécommande, alors qu'au même moment, Ella, joyeuse, sort de la propriété, ouvre la portière et s'installe dans l'automobile.

Ella avec ravissement :
- Whouawww !!! Quelle classe ! J'adore ! Quel confort ! Et elle te va bien mon chéri...

Ugo fièrement :
- Tu vois, j'ai bien choisi ... Elle est incroyable... Elle justifie son prix... Elle est fabuleuse, même dans les embouteillages, elle est plus confortable que notre salon et je viens de la tester.

Ella :
- J'espère que tu vas me la prêter... Pourquoi pas demain pour aller au spa avec mon amie ?

A peine le temps d'échanger un furtif baiser, qu'Ugo a déjà engagé la première, se retrouvant rapidement en pleine circulation au milieu d'un flot de véhicules.

Ugo embarrassé reprend la conversation :
- Heuuuu ! ... Pas demain j'ai des rendez-vous importants... Et puis, toi, tu n'as pas besoin de ça pour te faire remarquer !

Ella déçue, ne répond pas...

La pizzeria se situe à proximité, si bien qu'en quelques minutes les voilà à destination.

Le restaurateur est très heureux de retrouver ses fidèles clients, il les installe spontanément à leur table habituelle. Le choix se porte sur leurs pizzas préférées. Une fois que la commande est passée, les boissons servies, et après avoir trinqué à ce moment de retrouvailles les discussions vont bon train, lorsqu'un frisson parcourt Ugo.

Voilà que réapparaît cette déplaisante sensation, identique à celle ressentie précédemment sur son trajet, qui l'embarrasse à nouveau. Ugo, se met à pâlir, troublé il tourne simplement la tête vers l'extérieur, pour remarquer de nouveau ces Chinois, ceux qui auparavant le suivaient dans cette somptueuse Mercedes anthracite. Ils font un arrêt devant le restaurant, le passager regarde en direction de leur table puis le véhicule reprend la route.

Ugo poursuit sa conversation malgré l'inquiétude qui le submerge, il s'efforce de l'ignorer pour ne pas affoler sa femme.

- - - - - - - - -

A ce moment précis Albert est au bureau en plein échange avec son patron. Il est assis devant son computer les mains survolant le clavier, entrant des données, il développe un compte rendu sur l'installation et la maintenance d'une nouvelle société. Monsieur Delattre attentif au résumé se tient debout à ses côtés, une main posée sur le bureau et l'autre amicalement sur son épaule.

M. Delattre :
- J'ai eu un retour positif des clients suite à votre dernière intervention dans l'agence immobilière de Cagnes sur mer, visiblement votre logiciel plus que performant fait l'unanimité. Je tenais à vous en féliciter…

Albert :
- Merci Monsieur, effectivement c'est époustouflant de voir les possibilités de cet outil. Il était indispensable pour une structure de cette envergure de s'équiper d'un tel logiciel. Cela va maximiser leur gestion et apporter une efficacité optimale, en complément d'un remaniement au niveau de l'organisation.

Martine impatiente s'approche discrètement des deux hommes en pleine conversation, et avant de s'exprimer à son tour, attend qu'Albert termine sa phrase pour interpeller son patron.

Martine :
- Monsieur, je suis désolée de vous interrompre, mais je dois vous faire part de nombreux appels de la société Labopharm qui insiste pour joindre rapidement un responsable. Il semble tout à fait évident que cette demande revêt un caractère d'urgence.

M. Delattre :
- Sont-ils déjà clients ? Qui s'occupe de leur maintenance ?

Martine :
- Non monsieur, ce sont de nouveaux contacts. Ils ont été recommandés par nos clients de cette fameuse agence de Cagnes sur mer.

M. Delattre :
- Quel est leur domaine d'activité ?

Martine :
- C'est un laboratoire d'analyses, doté d'une spécialisation, dont je ne me souviens plus, mais toujours est-il que cela reste dans la recherche biologique.

M. Delattre :
- Très bien Martine, dites-leur que nous allons les rappeler, Albert va s'en charger, transmettez lui les éléments.

Martine, s'en retourne et revient aussitôt avec un post-it qu'elle remet à Albert qui s'en saisit en le lisant immédiatement.

M. Delattre :
- Visiblement cette société est pressée de bénéficier de nos services, voilà qui est gratifiant ! Alors s'il vous plaît Albert ne les faites pas attendre.

Albert légèrement agacé :
- Bien Monsieur, je m'en occupe en début d'après-midi.

Sur ces paroles, Monsieur Delattre salue son personnel, fait volte-face et s'en retourne à son bureau.
Martine esquisse un sourire, tourne les talons à son tour et se dirige vers le secrétariat.

Albert est enfin seul, son bout de papier à la main, ignorant les directives et l'urgence de cette intervention, il est avant tout bien décidé à donner la priorité à d'autres choses et seulement ensuite s'occuper du rendez-vous.

Il est presque 13h le bureau se vide peu à peu de ses employés. En quelques minutes, Mr Delattre, Martine et les stagiaires présents, prennent la direction de la cafétéria à l'étage supérieur.

Avant la fermeture des portes de l'ascenseur, le boss interroge :
- Albert, voulez-vous, vous joindre à nous ?

Albert :
- Merci monsieur, mais non… Je déjeunerai plus tard, je vais éviter de prendre trop de retard, je dois impérativement finir mon travail et prendre contact avec ce laboratoire.

M. Delattre :
- Très bien … À plus tard !

Les portes coulissantes se referment.
Albert soupire un grand coup, soulagé d'être enfin seul. Il s'assure que les bureaux alentours soient totalement vidés de ses occupants. Puis, se réinstalle devant son écran, sort du système traditionnel pour arriver sur une page noire avec en fond, un sigle qui représente l'astre lunaire, il y inscrit un code secret.

Aussitôt, apparaît cette directive lui intimant l'ordre de se connecter sur sa « Olvisio. »

Albert interrompt instantanément le réseau, ce qui lui permet de mettre fin à la communication internet. Puis il plonge la main dans sa poche pour en sortir un minuscule boîtier de forme cubique qu'il dépose délicatement à côté de son clavier avant de presser un bouton sur le centre de l'objet. Un cercle lumineux se dessine sur la face supérieure, suivi d'un faisceau de lumière puis une forme apparaît en hologramme. L'image du grand intendant se dresse devant Albert, en dimension réduite mais d'une excellente qualité.

À peine matérialisé, le grand intendant prend la parole :
- Frère Albert, nous savons que vous êtes sollicité pour accomplir une installation dans cette société Labopharm.

Albert surpris :
- C'est exact grand intendant !

Le grand intendant :
- Ce n'est pas une coïncidence, ce rendez-vous est programmé, vous avez une mission à accomplir.

Albert interrogatif :
- Une mission ? Quel genre de mission ?

Le grand intendant :
- Lorsque vous serez dans la place, Il vous faut.

Soudain Albert entend l'ouverture des portes de l'ascenseur, il se précipite sur le boîtier et coupe la communication. Visiblement Martine n'a pas réellement pris le temps de déjeuner et revient un sandwich à la main.

Elle avait prévu un départ prématuré dans l'après-midi, ce qui l'oblige à reprendre plus tôt son poste afin de rattraper son absence.

Albert est très irrité par cette apparition subite qui vient le priver de la suite du message. Il cherche désespérément une solution, pour retourner à sa communication. Le seul choix qui lui reste est de quitter les lieux. Désappointé, il range ses affaires.

Martine le sandwich à la main, tout en croquant une bouchée, s'approche amicalement d'Albert pour entamer une discussion.

Cela n'arrange pas ses affaires, mais Martine est si charmante, qu'il n'ose l'éconduire. Il faut dire que depuis l'absence de son compère, il lui semble que le rapprochement avec la secrétaire est bien plus facile, elle lui accorde plus d'intérêt. Ce qui n'est vraiment pas pour lui déplaire et l'incite, à changer ses plans et décaler son départ.

Il reste à l'écoute, flatté de voir que la magnifique Martine est pleinement disposée à converser avec lui, abordant des sujets plus personnels que professionnels.

L'horloge tourne, si bien que tout le personnel

revient de la pause déjeuner et reprend son poste. Martine en profite pour faire de même.

Albert en employé modèle téléphone comme convenu au laboratoire Labofarm, confirmant déjà le rendez-vous de son intervention pour le lendemain dès la première heure.

- - - - - - - - -

Au même moment, en plein repas, Ugo poursuit son tête-à-tête détente avec Ella, toujours dans l'instant présent. Une pléiade d'histoires et de souvenirs alimentent leurs conversations. Il en vient presque à oublier les évènements de sa matinée. Tout en évoquant un flot d'anecdotes animées d'une joyeuse gestuelle, Ugo jette un œil à travers la vitre. Quand son regard revient se poser sur Ella, il s'attarde au-dessus de son épaule, lorsqu'une apparition familière s'offre à ses yeux. La petite fille en blanc se tient debout de l'autre côté du parking à l'arrière de l'établissement. La surprise atténue l'intensité de sa voix jusqu'à interrompre son discours.

La vision de celle-ci, le pousse à se lever pour se diriger vers la baie vitrée, juste à temps pour constater qu'elle s'évapore de nouveau, laissant en transparence cette Mercedes anthracite des chinois, garée au bout du parking.

Ella étonnée en se retournant lui demande :
- Que... Que se passe-t-il mon chéri ?

Ugo embarrassé :
- Rien... Rien... j'ai cru reconnaître quelqu'un.

Ella :
- Pourquoi es -tu si pâle... Tu ne te sens pas bien ?

Ugo se rattrape en ironisant :

-     Non, non ! Ça va … Juste une petite baisse de régime.

Il retourne à table, abandonne son inquiétude et replonge dans la discussion. Le repas se termine, l'addition déjà réglée, le temps c'est écoulé si vite, que tous les deux reprennent tranquillement le chemin de leur domicile.

Quelques heures plus tard dans la chambre, alors que Morphée a emportés les deux époux, subitement dans un sursaut, Ugo ce lève. Il regarde Ella dormir à poings fermés, mais ce voit aussi allongé, l'enlaçant de ses bras, bien collé contre elle et plongé dans un profond sommeil. Lorsqu'il s'observe ainsi, il est toujours envahi d'une émotion étrange et incontournable qui le prend aux tripes. Heureusement celle-ci est de courte durée. Il ne s'attarde pas car c'est pour lui le signal qu'il est temps de rejoindre la confrérie des rêves. C'est cette sensation excitante qui devient le sentiment majeur et balaie tout le reste. Le rituel demeure le même, il se rend au point de rendez-vous qui le mène à cette organisation secrète, dont il est devenu membre à part entière. Un chauffeur le récupère, puis quelques minutes plus tard le dépose à destination.

Il sort du véhicule, tel un habitué des lieux il

se dirige directement vers l'entrée, appuie sur l'interphone avant qu'une voix impersonnelle le questionne:
- Qui demande l'entrée au centre ?

Ugo:
- Heuu... Ugo Defrais !

La voix:
- Bienvenu M. Desfrais... Composez maintenant votre code, ensuite avancez jusqu'au contrôle oculaire.
Voilà qui est fait, Ugo traverse le dernier sas et pénètre dans l'enceinte de la confrérie. Le maître aux côtés du chevalier de Rigaud s'avance pour l'accueillir.
À peine le temps des congratulations terminées, le maître entraîne tout le monde dans la salle des écrans.

Carole est déjà dans la pièce, assise autour de cette grande table ovale, les yeux fixés sur les écrans géants. Son attention est détournée par l'arrivée des trois hommes. Son visage s'illumine lorsqu'elle aperçoit Ugo.

L'entrée d'un autre personnage interpelle également tout ce petit monde. Le chevalier Mylan est venu se joindre à eux. Le maître demande à son auditoire de prendre place afin que la réunion commence.

Le Maître :
- Je souhaitais vous réunir pour débattre d'un sujet de la plus haute importance, surtout pour vous qui êtes encore novices dans notre organisation. Vous allez devoir voyager dans le temps et retourner dans une époque très hostile, en l'an 1297... Mais avant de vous confier cette mission, le chevalier Mylan votre instructeur, vous initiera à une petite formation, sur les modes de vie et les pratiques utilisés dans cette phase historique. Il vous avisera sur les évènements qui s'y déroulent et bien évidemment sur l'objet de votre mission...

Le chevalier De Rigaud vous accompagnera sur le terrain afin d'assurer votre protection... Je vous laisse désormais avec votre instructeur, le chevalier Mylan et l'on se retrouve ensuite.
Le maître se lève, suivi par tous ses adeptes qui l'accompagnent respectueusement d'un salut d'initié.
Le chevalier Mylan prend le relais, invite tout le monde à se rasseoir avant de commencer son instruction.

Le chevalier Mylan:
- Nous sommes réunis aujourd'hui afin de vous permettre d'acquérir quelques notions sur

l'époque qui nous intéresse. Ainsi vous aurez les éléments primordiaux à la réussite de votre prochaine mission. Vous avez déjà eu un aperçu, lors de votre passage dans le château de Comte Geoffroy de Monsart.

Ugo :
- Effectivement cela reste une expérience inoubliable...

En prononçant ces paroles Ugo regarde Carole avec tendresse en affichant un petit sourire satisfait qui laisse deviner la fierté de l'avoir sauvée des griffes de cet infâme paysan.

Carole :
- Surtout pour moi, il était moins une... Heureusement que tu es arrivé à temps.

Le chevalier Mylan:
- Donc vous avez pu constater quelle violente réalité règne sur le terrain... C'est pour cela que vous devez absolument avoir des notions sur votre environnement afin d'assurer au maximum votre propre sécurité.

Le Chevalier De Rigaud :
- Nous avons pu entrevoir, jusqu'à en avoir la confirmation, que le maniement de l'épée est

monnaie courante. Nous sommes plutôt dans un monde hostile où seule règne la loi du plus fort. Malheureusement la justice est réduite à ceux qui ont le pouvoir, mais elle appartient aussi à ceux dotés de la puissance physique.

Le chevalier Mylan:
- Vous conviendrez avec moi que dans une atmosphère aussi néfaste, il est nécessaire de se prémunir et de mettre tous les atouts de son côté. Vous vous servirez de ces connaissances pour pallier à ces lacunes, qui vous seront grandement utiles pour ne pas périr.

Ugo :
- Ouf ! Ceci est à la fois excitant et flippant !

Carole:
- Je ne trouve pas cela excitant du tout… C'est plutôt effrayant… Et puis pourquoi devons-nous retourner dans cette époque ?

Le chevalier Mylan:
- Un instant, je vous prie ! j'y arrive … Ugo souvenez-vous… Dans le château du Comte au moment de la débandade… Vous avez bien profité de la cohue pour faire main basse sur une cassette.

Ugo :

-    C'est juste, mais elle était trop encombrante. Alors, je m'en suis tout simplement débarrassé... Evidemment en prenant tout de même bien soin de me saisir du contenu, que j'ai discrètement glissé dans mon caleçon.

Le chevalier Mylan:

-    Justement... C'est bien ce contenu qui nous intéresse. Ce sont deux pièces d'or gravées d'inscriptions assez particulières.

Ugo :

-    Oui... Cela ressemble à des sigles qui se rapprochent étroitement de l'écriture chinoise.

Le chevalier Mylan:

-    Ces pièces viennent d'une civilisation qui régnait sur terre, il y a déjà plusieurs milliers d'années. Cette civilisation était nettement plus évoluée que la nôtre. Elle détenait la clé du mystère des rêves. Elle maîtrisait donc le pouvoir sur l'humanité en contrôlant le cerveau humain. Le souverain de cette puissance, qui avait deux fils, endossait plus la carapace d'un dieu, que d'un mortel. Ceux-ci, dotés chacun d'un caractère diamétralement opposé, se livraient une guerre fratricide sans merci pour s'emparer de ce pouvoir suprême.

L'un représentait le bien, incarné par la lumière et la surbrillance du soleil. Quant à l'autre, il était son opposé, évoquant le mal dans la noirceur de l'obscurité. Le père ne supportant plus ces querelles décide d'y mettre un terme en morcelant ce secret au travers de différents indices, pour ensuite les disperser dans deux dimensions. La première dans l'espace-temps, ainsi il les envoie dans diverses époques. Et pour la seconde, il les répartit en plusieurs endroits de la planète.

Carole :
- Quel est le rapport avec les pièces d'Ugo

Le chevalier Mylan:
- Elles forment une fois rassemblées, l'un des indices qui reconstitue le maillon de cette chaîne du mystère des rêves. En revanche, il y avait cinq pièces et nous en avons retrouvé seulement deux. D'après nos sources, celles-ci se trouvent dans la région Génoise aux mains des moines franciscains. Ce qui nous conduit à la finalité de votre mission. Il vous reste donc, la délicate tâche

de retrouver ces pièces et de les rapporter.

Ugo :
- Mais !... Mais comment devons-nous procéder ?

Le chevalier Mylan:
- Rien de plus simple ! Les moines sont en pèlerinage et se dirigent vers le rocher de Monaco. Il y a très peu d'accès pour s'y rendre. La plus grande difficulté à laquelle vous serez confrontés, sera de les reconnaître et déterminer une stratégie pour les démunir de ces pièces... Ce qui ne sera pas aisé, les moines défendent avec pugnacité leur richesse.

Carole :
- Faut-il pour cela, utiliser la force ?

Le chevalier Mylan:
- Surtout pas !... Car voyez-vous, malgré leur soutane certains individus manient brillamment l'épée. Il serait plus judicieux de vous servir de la ruse ou la négociation. Il me semble que vous avez suffisamment d'atouts pour les convaincre.

Carole réagit offusquée:
- Quoi ? Vous n'imaginez tout de même pas que je...

Le chevalier devine la méprise de Carole et rectifie aussitôt en l'interrompant :

- Mais non, voyons ! Je dis simplement qu'avec l'atout douceur et charme que vous dégagez, ils ont beaux avoir le statut de serviteur d'église, ils n'y seront pas insensibles… C'est ainsi que vous obtiendrez en tout bien, tout honneur ce que vous serez venus chercher , donc les aborder sera bien plus facile.

Ugo regarde Carole qui peste et continue à bougonner, il perçoit une fois de plus et bien malgré lui, ses pensées secrètes, ce qui le fait discrètement sourire. Elle est encore sous l'emprise de la contrariété et ne « mâche » pas ses délicates pensées envers le chevalier Mylan, le fusillant du regard.

Le chevalier Mylan:
- Je vous disais donc, que les moines quittaient la région Génoise pour se rendre en pèlerinage vers le rocher Monégasque. Mais malheureusement ils ne sont pas les seuls, et c'est là que tout se complique.

Ugo:
- Où voulez-vous en venir ? Que voulez-vous dire ?

Le chevalier Mylan:

- Il faut savoir que les conflits qui règnent entre les factions rivales, plongent le territoire dans une totale insécurité.

Carole:

- C'est terriblement inquiétant … Quelles factions ? Quel est cet endroit?

Le chevalier Mylan :

- Commençons par un peu d'histoire… Il vous faut savoir que la région est sous domination Génoise depuis l'an 1162. Ce conflit est attisé par une lutte féroce entre deux factions rivales qui se lancent sans cesse dans de sanglantes batailles … Il y a d'une part les gibelins, partisans de l'empereur Henri VI, qui lui n'est autre que le maître du saint empire romain germanique. Pour votre gouverne, je peux rajouter que c'est ce même empereur, qui avait retenu prisonnier en Autriche le roi d'Angleterre Richard cœur de Lion. L'autre faction est celle des guelfes réunissant les partisans du pape.

Ugo :

- En quoi cela concerne notre mission ?

Le chevalier Mylan:

- Eh bien ! Ugo, il se trouve tout simplement, qu'après chaque bataille perdue, par l'un ou l'autre des clans , ces derniers, les guelfes ont pris l'habitude de se réfugier en Provence. Nous sommes le 8 janvier 1297, les guelfes viennent d'essuyer une sérieuse défaite et prennent la même route que vos moines. Je crains que la rencontre soit inévitable. Il y a même de fortes probabilités de croiser sur votre chemin une petite armée de cette faction guelfe menée par leur chef Francois Grimaldi, l'ancêtre de la famille princière de Monaco.

Carole :
- Que vient faire la famille Grimaldi dans notre mission ?

Le chevalier Mylan :
- Elle n'intervient pas dans votre mission , mais en revanche, ce huit janvier, est un jour heureux pour les guelfes et surtout pour son chef François Grimaldi dit le malicieux. Disons même historique, car c'est tout simplement cet ancêtre qui se dirige vers le rocher pour s'emparer de la forteresse.

Ugo :
- Pour quelle raison ce surnom? Etait-ce un personnage rusé dans l'âme ?

Le chevalier Mylan:

- Vous ne croyez pas si bien dire ! En effet la ruse est son domaine de prédilection. Sachant pertinemment que la force ne sera pas la solution pour conquérir le château, il lui vient l'idée lumineuse avec un de ses compagnons, d'accoster deux moines puis de récupérer et revêtir leurs bures et leurs frocs, pour être ainsi déguisés en moines franciscains... Sans oublier évidemment de glisser leurs épées sous la soutane.

Carole :
- Bof, il suffisait qu'ils se déguisent en homme d'église, et alors, où est la malice dans tout cela?

Le chevalier Mylan :
- Rappelez-vous qu'à cette époque lorsqu'un homme d'église, ou bien même un templier se présentait devant les portes d'un château, d'une ferme, d'une taverne, ou autre, on s'empressait systématiquement de lui ouvrir afin de lui offrir le gîte et le couvert. Donc cet ancêtre François dit la Malizia, traduit par le malicieux, a caché son armée aux alentours du château. Il s'est présenté avec son acolyte aux portes de la ville, et c'est sans difficulté qu'il est entré dans la forteresse. Une fois à l'intérieur il a dégainé son épée, neutralisé les gardes, à ouvert les

portes et permis à ses hommes de s'introduire pour s'emparer de la citadelle tant convoitée en toute tranquillité et surtout sans effusion de sang.

Carole :
- En effet, je comprends mieux... Le qualificatif malicieux prend tout son sens.

Le chevalier Mylan :
- Voilà ! D'où vient cet adage « l'habit ne fait pas le moine ». D'ailleurs, c'est ce fait légendaire que l'on retrouve aujourd'hui sur le blason de la principauté où l'on peut voir ces deux fameux moines franciscains armés d'une épée.

La particularité de la formation, laisse quant à elle tous les protagonistes voyageurs du passé, dans l'ébahissement le plus complet. Les illustrations et les projections qui défilent sur le mur d'écrans captivent tout l'auditoire. De plus ce récit est tellement passionnant que l'enthousiasme et l'euphorie gagnent ces nouveaux aventuriers. Totalement conquis par le sujet de leur mission, ils en arrivent à faire abstraction du danger.

- - - - - - - -

De son côté Albert, avant d'accomplir son travail de maintenance dans le laboratoire, fait un détour et se rend sur son lieu de culte afin de reprendre la conversation de vive voix avec le grand intendant. C'est de retour dans la caverne qu'il emprunte le passage secret se retrouvant dans cette immense cavité, constituée elle aussi d'un mur d'écrans. Plusieurs adeptes sont présents, tous masqués, il est impossible de reconnaître quiconque.

Rien ne permet de les différencier ni d'évaluer le niveau hiérarchique de chacun, si ce n'est ces codes qu'ils échangent et les galons cousus sur leurs épaules.

Le grand intendant se tient debout face à tous ces téléviseurs alors qu'Albert, prend place à ses côtés.

D'autres individus s'approchent des écrans et se positionnent, face au mur d'images sans que personne ne dit mot.
Comme un documentaire, les images défilent avec précision sur cette contrée Génoise. Un reportage si réel reflète l'historique de toute cette époque, et enrichit les nouveaux apprentis

d'éléments sur la période.

Les images projetées parlent d'elles-mêmes et font prendre conscience de la violence des combats entre les deux castes. Les gibelins viennent donc d'asséner une sérieuse correction aux guelfes.

La terreur s'est s'installée sur le territoire Génois, ce qui oblige les guelfes à prendre la fuite et se réfugier en Provence. Les moines partisans du Pape en profitent aussi pour se sauver, ainsi ils échappent aux escarmouches entre les deux clans.

Le grand intendant :
-   Mes frères! Comme vous pouvez le constater, nous sommes face à une situation débordante de barbarie.

Albert :
- Grand intendant ! Le sujet me paraît très ins-tructif... Mais, serait-ce là le lieu de notre nou-velle mission ?

Le grand intendant :
-   Mes frères lors de notre dernière réunion,

j'avais retracé quelques faits historiques sur le monde de Napol et de ses fils...

Je vous avais dévoilé entre autre, qu'après les nombreuses discordes entre ses deux fils, et afin de les empêcher d'accéder à ce pouvoir, leur père ce sage monarque a décidé de procéder à la dispersion des maillons qui composent la clé du mystère des rêves, ceci à leur insu.

Albert :
- Grand intendant ! Quel est le rapport avec cette époque et nous-mêmes ?

Le grand intendant :
- Mon frère... Il y a deux raisons pour lesquelles je vous confie cette mission. Pour commencer un des moines a pris la route en direction de la Provence, il est en possession de ces trois pièces d'or manquantes sur les cinq qui composent le premier maillon. N'oublions surtout pas, que ces chers chevaliers des rêves, possèdent déjà les deux autres. Il vous faudra donc impérativement vous en emparer avant... Votre périple ne sera pas de tout repos. Une troupe de guelfes est en route et emprunte le même chemin, ce qui présage que la confrontation sera inévitable... Sans compter

que nous ne sommes pas les seuls à convoiter ce trésor.

Albert :

- Grand intendant, excusez mon audace mais il me semble qu'il serait tellement plus simple d'intercepter le moine en question et de lui dérober les pièces.

Le grand intendant :

- Mon frère, je reconnais bien là votre fougue, il est vrai que vu de cette manière cela semble tellement aisé, mais ne vous y trompez pas… Car nous ne savons pas quel moine détient ce que nous désirons… Pourtant quand vous l'aurez déniché… Eh bien !... Sachez qu'il ne se laissera pas dépouiller aussi facilement et certainement pas sans lutter. N'oubliez pas non plus que chez eux, ils sont nombreux à manier l'épée avec une déconcertante habileté.

Albert :

- Grand intendant, effectivement la tâche ne semble pas aussi évidente, alors comment faire pour le reconnaître ?

Le grand intendant :

- Mon frère… Il vous faudra je pense, vous

servir de votre intuition ainsi que de votre sens de déductibilité.

Albert :
- Grand intendant, il me semble que vous avez évoqué deux actions à effectuer. Nous avons déjà développé la première, que nous réserve la seconde ?

Le grand intendant agacé :
- J'y arrive mon frère... Décidément la patience n'est pas votre qualité première, pourtant il va falloir la cultiver. Revenons sur la situation entre ses deux factions ... Comme vous avez pu le voir ce sont toujours les gibelins qui mènent la danse au détriment de leurs frères ennemis. C'est bien une troupe de guelfes qui fuit en direction de Monaco, elle est menée par Francois Grimaldi, dont la seule intention qui obsède ce dernier, est de s'emparer de la forteresse.

Dans un silence religieux et bien installé, toute l'assistance écoute attentivement les propos du grand intendant. Une leçon d'histoire qui ne laisse pas indifférent, et où, chacun reste suspendu aux lèvres du narrateur.
L'assemblée est tellement concentrée, que plus

personne n'ose l'interrompre. Cela reste toujours aussi surprenant qu'impressionnant, de voir se joindre l'image et la parole, quel que soit le sujet abordé.

Le récit de chaque évènement étant étayé par les projections qui défilent sur ce mur de verre. Les initiés n'en font plus cas, ils ne cherchent plus à découvrir ce mystère qui règne autour de cette invraisemblable technologie.

Le grand intendant:

-   Mes frères, nous savons que ce rocher sous domination génoise depuis 1162, reste le centre d'intérêt de ces deux familles rivales, qui se défient au travers de luttes féroces. Mais à présent, je vais laisser la parole à notre illustre historien, notre frère gouvernant qui se fera une joie de vous faire partager son savoir.

N'oublions pas mes frères, que transmettre est une de nos innombrables missions !

Le frère gouvernant :

-   Merci grand intendant... Tout d'abord mes frères...! Un rappel sur l'histoire de Monaco très important . Le rocher ne commença à être connu et reconnu véritablement, qu'à partir de l'époque du XIIIème siècle. La date du dix juin 1215 donne la naissance de la future principauté. Ce jour-là, Fulco del Cassello conduit les gibelins Génois. Il est celui qui avait depuis longtemps mesuré l'importance stratégique du rocher. C'était un précurseur qui avait bien analysé les avantages du port, et le fondateur qui avait également fait poser par ses hommes la première pierre de la forteresse sur les bases de laquelle s'élève le Palais Princier d'aujourd'hui.

Les gibelins avaient préalablement obtenu de l'Empereur Henri VI, successeur de Frédéric 1er Barberousse, la souveraineté de tout le pays et avaient ainsi acquis les terrains nécessaires pour la réalisation de leur projet. La forteresse fut renforcée par des remparts qui formèrent peu à peu une enceinte tout autour du rocher.

Pour y attirer le plus d'habitants, ils eurent l'idée judicieuse d'accorder aux nouveaux arrivants de très précieux avantages... Concessions de terres, exemptions de taxes.

Monaco devint ainsi, malgré l'exiguïté de son territoire, une place très prisée et importante dont la possession devait être l'objet final. Preuve en est, qu'au cours de ces trois siècles qui suivirent, les représentants des deux partis, les guelfes comme les gibelins, se sont livrés des luttes incessantes par des prises et reprises successives du rocher. Monaco sera tour à tour aux mains des gibelins, représentés par les Doria et Spinola partisans de l'Empereur, et des guelfes par les Fieschi et les Grimaldi fidèles du Pape.

Albert :
- Frère gouvernant quel est le rapport avec notre deuxième mission ?

Le frère gouvernant :
- Patience, patience, mon Frère… Je reprends… Ecoutez bien ! Parmi les familles de l'aristocratie génoise appartenant au parti guelfe, la famille la plus brillante était celle des Grimaldi. En 1296, à la suite d'une de ces ultimes querelles de partis, les guelfes, et avec eux les Grimaldi, furent tout bonnement expulsés de Gênes et se réfugièrent en Provence. Ils étaient à la tête d'une véritable petite armée qu'ils utilisèrent pour la conquête de la forteresse de Monaco. Et c'est ainsi que la nuit de ce huit janvier 1297, les guelfes conduits par l'un des membres de cette famille, François Grimaldi dit Malizia, s'emparent avec panache de cette citadelle où, il aurait pénétré par ruse dé-

guisé en moine Franciscain.

Le grand intendant :

-    Merci pour ces précieuses informations Frère gouvernant ! Vous êtes un puits de connaissances à vous seul, et c'est plus qu'enrichissant de s'abreuver d'une telle culture. Par contre mes Frères, je reviens sur le but de notre seconde mission. Vous devez empêcher François Grimaldi coûte que coûte et par n'importe quel moyen, de s'approcher de la forteresse…

Albert :

- Grand intendant, ai- je bien compris ? Vous souhaitez qu'on l'élimine ?

Le grand intendant :

- Je pense avoir été suffisamment clair… Il ne doit en aucun cas récupérer le rocher. Vous avez bien entendu … D'autant, que vous y avez un intérêt d'une importance capitale mon frère … Vous avez un rôle fondamental, et je vous le confirme autant que personnel à ce que, celui-ci, échoue dans la conquête de cette forteresse.

Albert :

- Comment ça un intérêt personnel ? Lequel ? Vos propos m'intriguent de plus en plus, Grand intendant.

Le grand intendant :

- Eh bien ! Voyez-vous… Albert ! Vous êtes tout simplement un descendant de la famille Spinola qui possédait la citadelle jusqu'à ce 8 janvier 1297. Vous ne mesurez pas encore l'importance de l'évincer !

Albert :

- Non… je ne vois vraiment pas !

Le grand intendant :

- Réfléchissez mon frère … Il se trouve que si vous réussissez votre mission… Eh bien !!! Tout simplement... C'est vous, Albert! Qui aujourd'hui occuperiez la fonction du prince au palais !

Albert stupéfait se demande s'il a bien entendu. Tour à tour, surpris, perplexe, s'interrogeant s'il a bien saisi, ne s'attendant absolument pas à une telle information.

Une question jaillit et perturbe son esprit.

- Est-ce une bonne ou une mauvaise nouvelle ?

Il est évident que l'excitation, mêlée à sa part d'égo, le transcende. L'idée incroyable d'exploiter cette possibilité de se retrouver le maître de la principauté lui donne le tournis.

Il sort de ses pensées vertigineuses lorsque le grand intendant ajoute :
- Oui mon frère ! Vous saisissez à présent les conséquences de cette mission ?! C'est bien à vous que reviendrait la Principauté ! Et si votre place était sur le rocher ?! !! De toute évidence vous seriez ... Le prince Albert de Monaco.

Albert sans voix, est cloîtré dans le silence jusqu'à la fin de l'entretien, pendant que son cerveau, lui, ne cesse d'analyser, d'évaluer, mais surtout de déguster cette curieuse nouvelle aussi enivrante qu'inattendue.

Au terme de l'entretien avec ses frères de l'ombre, Albert quitte la place pour se rendre au laboratoire. Tel un automate, il saisit le volant de sa BMW, prend la route sans trop se préoccuper du paysage, tous ses gestes sont instinctifs, précis et adaptés à la conduite mais les propos du grand intendant tournent en boucle, et le déconnectent de la réalité ... Le voilà avec des milliers d'étoiles plein les yeux... Son esprit reste torturé par cette surprenante information qui n'a pu lui arracher qu'un simple sourire sur le moment, mais qui gagne du terrain au point de devenir une véritable obsession.

Cela fait déjà une demi-heure qu'il conduit sans ne prêter aucune attention à ce qui l'entoure, jusqu'au moment où la voix du GPS l'extirpe de ses pensées, en lui annonçant qu'il est arrivé à destination.

Affirmation confirmée par l'enseigne Labofarm qui surplombe la façade devant lui et qu'il ne pouvait rater car elle jouxte celle du siège luxueux de cette grande compagnie d'assurances.

Le temps de rassembler toutes ses affaires, Il sort de la voiture avec son porte- documents sous le bras. Attrape sa mallette, cet outil primordial et incontournable pour assumer la maintenance. A présent il fait quelques pas pour se présenter devant un vidéophone. Après avoir décliné son identité, il entend le cliquetis qui lui signale le déverrouillage de l'entrée, puis la porte s'ouvre.

Il pénètre lentement dans les lieux adoptant une attitude si discrète à la limite de l'appréhension.

En cet instant précis, il constate qu'il n'y a encore personne pour l'accueillir. D'un pas hésitant, il avance avant de se retrouver seul dans le sas.

Encore quelques secondes où sa démarche laisse deviner une discrétion très naturelle de sa personne. Il piétine, se positionne au centre, lève la tête, le regard interrogatif rivé sur l'œil de la caméra fixée dans le plafonnier.
Encore une vérification d'identité et la porte s'ouvre à nouveau et le met face à deux vigiles. Les gaillards dotés de statures imposantes, usent de courtoisie, tout en effectuant avec fermeté, un minutieux contrôle sur Albert et le contenu de son attaché-case.

Les vérifications effectuées, un des gardes escorte l'ingénieur informaticien auprès de la responsable de l'établissement, qui l'accueille d'une voix solennelle :
- Bonjour M. Tinon, Eve Latour, soyez le bienvenu! Je serai votre guide et suis chargée de vous accompagner, vous apporter toutes les informations utiles, ainsi que tous les éléments nécessaires pour faciliter votre tâche dans nos locaux.

Albert :
- Bonjour Madame, enchanté de faire votre

connaissance, merci pour votre aide qui me sera très précieuse et indispensable. J'ai grand besoin d'être orienté.

Eve Latour continue :

- Vous avez pu vous rendre compte que les consignes de sécurité sont strictes dans notre structure. Elles sont absolument fondamentales, ce n'est guère un excès de zèle mais bien une nécessité.

Albert :

- Effectivement je l 'ai bien remarqué, c'est impressionnant...

Avant qu'il ne finisse d'achever sa remarque Eve reprend la parole:

- Vous êtes dans un centre où se déroulent de nombreuses expériences biologiques, ce qui justifie ce niveau de sécurité. Un accident, même bénin peut très rapidement déraper et prendre de telles proportions, qu'il pourrait engendrer une terrible catastrophe dont les conséquences seraient gravissimes, voire irréversibles. Et c'est bien pour cela que nous prenons toutes ces précautions.

Albert dans un demi-sourire :

- Vous m'inquiétez. Voilà la raison pour laquelle

vous êtes si proche de vos voisins assureurs… Je me demande si j'ai bien fait d'accepter cette intervention.

Eve sur le même ton :
-   Hé bien! Vous êtes perspicace, je n'avais pas fait le rapprochement mais ce sont réellement, aussi, nos assureurs… Plus sérieusement… Je suis justement là pour veiller à la sécurité de tous, et de votre personne en particulier. Je serai donc votre protectrice afin d'éviter tout danger dans vos déplacements, en vous accompagnant dans notre labyrinthe.

Tout à la discussion, elle invite Albert à la suivre, passe l'accueil, puis défile devant un certain nombre de pièces, toutes vitrées, avant d'accéder à son bureau.

Avec courtoisie, elle lui propose une collation avant d'entrer dans le vif du sujet. Celui-ci séduit par la grâce et la beauté de cette jolie hôtesse accepte volontiers. Il se fait la réflexion qu'un regain d'énergie puisé dans la caféine ne sera pas de trop, conscient qu'il se trouve face à un travail pharaonique.

Eve :
-   Je suppose que vous n'avez jamais eu l'occasion d'exercer dans ce type d'entreprise.

Albert :

- Non ! Non jamais ! C'est véritablement la toute première fois, d'autant qu'en complément du facteur découverte, c'est pour moi, un nouveau challenge. Voulez-vous m'expliquer quelles sont exactement les recherches que vous pouvez bien expérimenter dans ce centre biologique ?

Eve :

- Nous avons plusieurs secteurs d'analyses, à commencer par l'étude de cellules cancéreuses, en passant par des tests très poussés, de toutes sortes, prescrits par les praticiens et cela s'étend aux maladies contagieuses que nous combattons encore aujourd'hui, par exemple la peste.

Albert :

- La peste ? Comment est-ce possible…C'est toujours d'actualité ? J'étais persuadé que cette maladie était éradiquée depuis des centaines d'années.

Eve :

- Malheureusement, non Monsieur Tinon !… Elle est bien présente encore de nos jours et touche toutes les contrées de la planète.

Albert :

- Faites-moi plaisir… Voulez-vous simplement m'appeler Albert puisque nous allons passer quelques jours ensemble. Finalement, je mesure bien la difficulté de ma tâche, je suis d'ores et déjà persuadé qu'il me faudra un certain temps, pour élaborer et mettre en place votre système informatique.

Eve :
- Entendu ! Pour moi ce sera Eve. D'ailleurs je vais en profiter pour vous présenter le reste du personnel.

Depuis son entrée dans la société, Albert n'a d'yeux que pour son hôtesse, faisant une totale abstraction sur le reste du personnel. Pourtant une multitude de chercheurs sont présents, bien concentrés sur leurs travaux.

Eve précède le chevalier de l'ombre et au fur et à mesure de son cheminement dans les couloirs, lui présente au passage, les chercheurs qui excellent chacun dans leur spécialité. Tous ces laborantins sont confinés dans une salle remplie d'appareils relevant d'une très haute technologie.

Difficile pour le programmeur qu'il est, noyé par la complexité de la besogne, d'avoir une vue globale sur la compréhension et la finalité des résultats de toutes ces recherches.

Cependant son rôle reste bien défini, assurer la connexion informatique de chaque poste vers un serveur commun, et de plus, il lui faut installer un réseau interne entre tous les computeurs.

À première vue cela relève d'une complexité déconcertante, mais certainement pas assez pour déstabiliser Albert qui maîtrise son sujet à la perfection.

 Après que son accompagnatrice eut effectué les dernières présentations, elle met à la disposition d'Albert un poste dans un des bureaux, afin de lui permettre de démarrer les travaux rapidement. Toutes les salles sont vitrées, ce qui laisse une totale transparence du travail effectué par les chercheurs.

Grâce aux explications durant l'entretien avec son hôtesse, il apprend que dans certaines salles se déroulent des expériences dangereuses, ce qui en fait un accès difficile et strictement interdit à toutes personnes étrangères aux laboratoires. Seuls sont autorisés les membres de la société et les chercheurs habilités. Il se pratique des essais risqués, des cultures de bactéries hautement contagieuses, vraiment de quoi inquiéter le commun des mortels. Pourtant la seule chose qui puisse être rassurante, est le dispositif mis en place, combinaison étanche de protection, SAS de décontamination, heureusement la sécurité du site et du personnel est bien gérée. Le processus établi prévoit une double sécurisation des lieux.

Confiant, Albert est concentré sur sa besogne et ne fait plus cas des gens qui l'entourent. Il en est déjà à son deuxième jour dans cette structure et devient un familier des lieux. Il a facilement créé des liens avec le personnel de l'accueil ainsi que le secrétariat.

Cette nouvelle gestion informatique dont il est chargé représente des postes importants pour l'organisation de la société. Cela débute par une meilleure gestion du secrétariat, de l'inscription à l'accueil en passant par le suivi médical, puis en fonction de chaque pathologie, l'orientation vers les services appropriés, comme les prescriptions et aboutir à la facturation. Sa tâche consiste à créer ce système afin de faciliter le travail et la connexion de chaque étape par les praticiens.

Eve dans son développement lui précise:
- Au niveau du logiciel, il est important pour

nous de pouvoir différencier la provenance des échantillons.

Albert :
- Je vais lister tout cela, je vous écoute pour les différentes sources de prospects.

Eve :
- Cela peut provenir de différentes sources, soit déposés par le client lui-même, ou par les coursiers, les infirmiers ou les éleveurs... Nous accueillons également des patients sur lesquels nous effectuons directement les prélèvements.

Albert :
- Très bien, c'est noté ! Ensuite où vont ces échantillons ?

Eve :
- Du fait que ces prélèvements présentent un grand danger biologique potentiel, ils sont en, premier lieu, orientés vers les salles techniques. Puis en fonction des examens requis, ils peuvent être analysés aussi pour de la biochimie ou de l'hématologie par tous ces automates. Pour les techniques manuelles, nous nous dirigeons vers de la biochimie mais surtout vers la microbiologie. Les échantillons peuvent ainsi être mis en

culture afin de rechercher la présence de micro-organismes, cela relève de minutieuses analyses qui présentent un risque biologique extrême.

Albert se gratte la tête :
- Si je comprends bien, chaque appareil doit être tout à la fois autonome et en réseau. Il est donc impératif qu'à partir de chaque poste, un chercheur puisse avoir accès instantanément et en toute confidentialité aux informations et aux résultats.

Eve :
-   Exac...te....ment ! ....Parfait !.... Vous avez bien saisi nos doléances. Autre chose et point important, il doit apparaître à chaque phase un rappel des règles de sécurité. Chacune appro-priée à l'acte car certaines analyses peuvent être pratiquées dans l'urgence ce qui accroît d'autant les risques d'erreurs.

Albert :
- Visiblement, auparavant tous ces résultats étaient enregistrés manuellement, dorénavant le suivi sera informatisé, ce qui vous facilitera considérablement la tâche.

La conversation continue par la dernière étape

informatique du processus.

Albert :
- Que deviennent les déchets ?

Eve :
- Selon les risques qu'ils représentent, ils sont tous éliminés par les filières biens spécifiques. Certains proviennent d'échantillons d'analyses … Des milieux cultivés ou des effluents d'automates … D'autres viennent du matériel usagé etc….

Albert prend en considération tous ces éléments pour l'élaboration du logiciel. Aujourd'hui, il a un poste dans la salle de tri des échantillons. Ce qui lui permet d'observer les chercheurs qui fourmillent dans tous les sens que ce soit, à proximité ou dans les salles voisines. Les personnes en combinaison blanche, dans la salle technique d'analyse attisent sa curiosité, ce qui l'encourage à interroger Eve.

Albert :
- Sur quoi portent leurs expériences ?

Eve :
- Ils font des expérimentations sur la peste, et pour être tout à fait précise, ce sont celles de la

peste noire. Vous voyez Albert, ces tubes dont l'extrémité est dotée d'un capuchon rouge, sont des échantillons d'une extrême dangerosité, qui contiennent justement la bactérie en question.

Albert :

- J'ai du mal à croire que la peste soit encore là de nos jours, et je suis surpris d'apprendre par ailleurs, qu'il existe plusieurs formes de peste.

Eve :

- Je comprends votre doute et j'imagine que cela soit difficilement compréhensible, mais pourtant… elle sévit toujours à l'heure actuelle.
Quand à votre interrogation, eh bien oui ! Il existe deux variantes de peste. La première est bubonique quant à la seconde pulmonaire.

Albert en ironisant:
- C'est trop compliqué pour moi !!

Eve:

- La peste bubonique est tout simplement la première forme de peste et la plus fréquente en milieu naturel. Elle fait suite à l'infection par la piqûre d'une puce, la morsure d'un rat, ou autre rongeur infecté. Elle se déclare d'abord chez les rongeurs, piqués par des puces infectées. Ceux-ci meurent rapidement poussant les insectes qui perdent leur hôte à la recherche d'autres sources de sang, et contaminent autant l'homme que les animaux domestiques. C'est voyez-vous une très grave maladie, hautement contagieuse quand un individu infecté tousse, aussitôt il contaminera par expectoration son entourage. Là ! Sous cette forme dite pulmonaire, elle est le plus souvent mortelle. Au travers de l'histoire c'est dès l'apparition de l'espèce humaine, qu'elle paraît et devient l'une des maladies les plus dévastatrices. Nous avons ainsi pu constater que dans toutes les épidémies graves et infections mortelles, elles ont souvent pour origine la puce de l'homme. Au XIVe siècle, une pandémie de peste bubonique appelée peste noire, a traversé l'Europe, provoquant la mort d'un tiers, voire la moitié de sa population. Albert est attentif , il est totalement absorbé par les explications de son instructrice, cette leçon particulière sur la bactérie l'intéresse au plus haut point.

Ce qui l'amène à d'autres questions :
- Merci pour ce petit cours très instructif, mais en combien de temps la maladie peut-elle provoquer la mort du sujet infecté ?

Sans laisser le temps à son interlocutrice de répondre, il enchaîne par une autre question :
- N'y a-t 'il pas un vaccin ?

Eve :
- La mort est assez rapide d'autant que les

dernières expériences que nous avons réalisées ont dévoilé un développement du virus assez exceptionnel, aussi les tests faits sur les rongeurs ont abouti à une mort fulgurante des sujets... Une poignée de minutes pour certains, voire au maximum une petite **heure a suffi** pour venir à bout des plus résistants. Vous comprenez mieux **pourquoi la rigueur sur la sécurité dans cette salle est de mise, et que toutes les précautions sont obligatoires.**

Eve est interrompue par un appel téléphonique, ce qui abrège cette instructive discussion. Sans même s'excuser, elle se précipite hors de la pièce car Il semble y avoir urgence, oubliant toutes les consignes de sécurité, elle abandonne Albert dans la salle de tri des échantillons.

Celui-ci reprend paisiblement son travail sur la création du logiciel. Mais tout en méditant sur ses plans futurs, de temps à autre, il lance des regards appuyés dans la direction d'une de ces salles d'expérimentations.

Il observe les mouvements délicats et les gestes précautionneux des intervenants manipulant ces tubes et éprouvettes.

A toute allure, les heures défilent, tout autant que les intervenants qui s'affairent autour de lui, sans que personne ne prête attention à sa présence. **Alors qu'il tape des codes informatiques sur son** clavier, Albert sursaute brusquement alerté, comme toutes les personnes présentes, par le bruit strident d'une inquiétante sirène qui surprend tout le monde. C'est alors que, dans l'affolement et la peur de ce signal d'évacuation, une toute nouvelle assistante de laboratoire, paniquée, se débarrasse sans les précautions d'usage d'une plaque.

Elle abandonne subitement son plateau chargé d'éprouvettes en le déposant auprès d'Albert alors qu'elle s'apprêtait à l'acheminer dans la salle de traitement. Bien qu'affolée, elle se précipite vers le SAS afin de pénétrer dans la salle attenante pour porter secours à une femme qui vient de perdre connaissance.

Durant quelques secondes c'est l'effervescence. Tous s'agitent auprès de la laborantine étendue sur le sol.

Albert assiste de son poste de guet, au moindre mouvement de chacun, quand tout à coup son attention se porte sur la plaque que l'assistante vient de déposer sur son bureau. Il remarque la multitude de tubes coiffés d'un bouchon rouge.

Discrètement, il plonge la main dans sa boîte à outils, pour en sortir un tournevis composé d'un manche dévissable par la partie supérieure. Il en extrait ses embouts cruciformes et plats. Le manche est désormais vide et creux. Il prend bien soin de s'assurer que personne ne lui prête attention, pour subtiliser un tube contenant la bactérie et l'insérer dans la cavité de l'outil.

Il accomplit cet acte avec un sang-froid étonnant. Sans précipitation, et très sereinement il revisse le capuchon dans la plus grande discrétion avant de ranger cet étrange outil dans sa mallette.

Le personnel est toujours si concentré sur l'incident avec la chercheuse, que personne n'a remarqué le larcin d'Albert, qui soigneusement, a remplacé le tube infecté par un autre, vide celui-là.

L'agitation qui règne dans les parages, le pousse à cesser son travail au moment même où la sécurité l'apostrophe. Albert est pris de panique, des gouttes de sueur perlent sur ses tempes, toutefois, il conserve sa maîtrise, son visage ne laisse rien paraître. Un des vigiles l'aborde et lui intime l'ordre de prendre ses affaires et de le suivre. Albert n'en mène pas large, il s'exécute docilement sans rien montrer.

Tous deux traversent un couloir puis une salle de décontamination avant de prendre la direction de la sortie. Une fois à l'extérieur, l'homme lui précise que suite au déclenchement de l'alarme, la consigne préconise l'évacuation immédiate du centre. Albert soulagé, pousse un profond soupir, serre fortement la poignée de son attaché-case tout en pressant le pas vers l'extérieur du bâtiment. Une fois dehors, hâtant le pas pour rejoindre son véhicule il profite de l'aubaine et quitte les lieux précipitamment. Il actionne la télécommande et ouvre la portière, puis s'installe rapidement sur son siège. Tout à coup, quelqu'un frappe à la vitre juste au moment où il s'active à appuyer sur le bouton de démarrage. Albert sursaute, tourne la tête et voit le vigile. Une nouvelle panique s'empare de lui, il regarde le colosse qui insiste en lui faisant signe de baisser la vitre. Albert a le bref désir de démarrer en trombe. Il n'en fait rien, après quelques demi-secondes d'hésitations qui paraissent interminables et qui au final le ramène à la raison, il actionne d'une main tremblante, le bouton qui permet enfin à la vitre de descendre.

Albert, avant même que l'agent de sécurité l'interroge, bredouille :
- Que...Que se passe-t-il ?

Le vigile :

- Excusez-moi monsieur, mais j'ai oublié de récupérer votre badge !

Albert :

- Mon Badge ?

Le vigile :

- Oui monsieur, il est formellement interdit de quitter l'établissement sans déposer le badge.
Albert déconcerté mais surtout soulagé, se rend compte qu'il a toujours son badge autour du cou. Il s'en saisit, se confond en mille excuses pour son étourderie et le tend à l'homme.

Albert dans tous ses états se rend compte qu'il est à la limite de l'apoplexie, tout ça à cause d'un badge, constate-t-il. C'est vrai qu'il n'en mène pas large, il lui faut tout de même le temps de reprendre ses esprits, avant de remettre en marche le véhicule. A son départ, il fait un salut amical de la main au groupe de personnes qui se tient debout devant l'entrée, puis s'éloigne lentement. Il est encore sous cette intense pression qu'il vient de subir, et n'en revient toujours pas de l'acte qu'il vient de commettre.

Comment ai-je pu faire une telle chose ?

S'interroge-t-il, lui qui a toujours fait preuve d'un comportement exemplaire, durant sa paisible existence. Lui encore, qui n'a jamais été pris en défaut. Le voilà devenu sans trop savoir pourquoi, pillard d'une fiole porteuse d'une épouvantable bactérie mortelle.

- - - - - - - - - -

Le lendemain de cette aventure, Carole et Ugo se préparent pour le départ de leur mission. Au centre de la confrérie des rêves, les chevaliers Mylan et De Rigaud ainsi que le maître Dante épaulent nos nouveaux élus dans leur instruction tout en faisant les dernières recommandations. Ugo a revêtu la même tenue de templier qu'il portait lors de sa dernière mission. Idem pour le chevalier de Rigaud. Quand à Carole, il lui faut revêtir une tenue adaptée à l'époque.

Le maître :
- Carole ! Je vais vous laisser avec Manon, mon assistante qui va vous aiguiller sur le choix des vêtements.

Alors que les hommes définissent leur stratégie

dont l'objectif est de retrouver les moines, les deux femmes se retrouvent dans le vestiaire. Elles déambulent entre les stoyaks qui débordent de tenues stockées et classées par époques. Elles s'arrêtent enfin devant celles du XIII siècle. Carole s'attendait à de belles toilettes mais la déception se lit clairement sur son visage.

Manon :
- Tenez !! Essayez donc cette robe et cette tunique.

Carole en faisant la moue :
-   Quoiiii ...Mais je ne vais sûrement pas porter ça !!!

Manon éclate de rire et insiste :
-   Mais oui Carole... Les femmes à cette époque s'habillaient avec des robes longues ... Avec des tuniques sans manches.... Et portaient des cornettes couvrant leurs chevelures.

Carole ironique:
- Ah oui ! Sexy les nanas !!

 Manon avec un petit sourire :
- Il vous faut savoir que, les femmes, voire les gens en général ne se souciaient vraiment pas de

leur tenues vestimentaires. Tous ces braves, ou presque portaient des vêtements de laine. Ne vous inquiétez surtout pas pour votre look. La seule différence entre la gente féminine et masculine est que les vêtements de ces dames étaient plus longs que ceux de ces messieurs, et couvraient au minimum leurs mollets… C'était la définition de la robe… Encore une toute dernière précision… La femme ne portait, ni de braies ni de caleçon, elle est toute nue sous la chemise. Un bandeau de toile est serré sous la poitrine pour maintenir celle-ci.

Carole :
- Que sont les braies ?

Manon :
- Ce sont des vêtements en forme de pantalon, ajusté ou flottant, portés par plusieurs peuples de l'Antiquité… En particulier par les Gaulois… Tout comme au Moyen Age… Là, nous sommes bien dans la période qui vous concerne.

Carole ironique :
- Le top ! Elles arrivaient à trouver un mari avec ça ?

Manon ignorant la boutade :

- Ce n'est pas tout, passons maintenant aux jambes et aux pieds protégés par des chausses, plus courtes que celles des hommes… Celles-ci s'arrêtent aux genoux, retenues par une bande de tissu nouée autour de la jambe qui monte jusqu'à la cuisse, que l'on nomme la jarretière.

Carole dépitée :
- Bon d'accord, Je passe dans la cabine pour enfiler tout ça !!

Manon toujours souriante s'exclame :
- Attendez, ce n'est pas fini !... Il vous faut vous protéger du froid aussi… Et pour cela, vous devez revêtir un pelisson.

Carole étonnée :
- Un pelisson ?

Manon explique :
- Tenez voilà ce qu'est un pelisson… Il s'agit de ce long gilet sans manches assez chaud et qui bénéficie d'une pelleterie cousue entre ces deux tissus, de sorte que sa fourrure ne se voit que sur les bords, et c'est un vêtement qui se porte entre la chemise et le bliaud.

Carole toujours avec ce brin d'humour :

- Avec tout ça... Il ne peut rien m'arriver !

Elle part d'un éclat de rire tout en s'installant dans la cabine d'essayage. Debout devant cet immense miroir, elle commence à se dévêtir. Elle prend soin de plier ses vêtements de marque puis les pose sur un banc qui borde le mur de ce petit salon. Elle se retrouve désormais en petite tenue contemplant ses dessous sans quitter des yeux cette glace qui renvoie son image. Elle se remémore la discussion avec Manon qui insistait bien sur le fait, qu'il fallait être nue sous ce déguisement… Cette information la laisse perplexe, toujours absorbée par son image elle penche la tête de droite à gauche, s'admire en pivotant sur le côté afin de mieux apprécier les courbes de ses fesses, bien mises en valeur par ce shorty blanc. Puis s'attarde satisfaite sur le miroir en portant ses mains sur la poitrine comme pour réajuster son soutien-gorge qui pourtant est bien en place. L'expression enchantée et le petit sourire en coin qui apparaît sur son visage, augurent un verdict indiscutable.

Manon intervient en lui proposant son aide :
- Tout va bien ? Avez-vous besoin d'aide ?

Carole :

- Ça ira, merci Manon ! Je vais bien m'en sortir seule …

Quelques minutes plus tard, Manon apparaît dans la salle de réunion, suivie de Carole. Les compliments fusent de la part des chevaliers. Carole ne s'attendait pas à une telle réaction et autant de compliments. Elle sourit, remercie à la fois gênée et enchantée.

Le maître demande à ces trois missionnaires de se rendre immédiatement dans la pièce où se trouve la porte du temps. Les voyageurs sont prêts, alors que les ingénieurs programment la date de leur départ. Après que les dernières vérifications aient été faites, ils obtiennent le signal pour l'excursion. Carole se tient devant le passage, Ugo et le Chevalier De Rigaud sont à ses côtés. La salle est envahie d'un épais nuage de fumée. Dans la pièce, on ne voit plus rien, l'opacité empêche désormais d'apercevoir quoi que ce soit, jusqu'à ce que l'on entende le seul bruit du ronronnement de cet extracteur qui finit par dissiper le brouillard. La phase s'est avérée concluante, la salle est vide, les chevaliers des rêves ont franchi la porte du temps.

Ils se retrouvent tous trois aux abords d'une très petite chapelle délabrée. Une voûte de pierre qui détermine la porte d'entrée de ce nouvel univers est leur première vision, mais c'est aussi, pour le retour à notre époque, leur billet de sortie.

Il fait encore jour. Malgré la température un peu fraîche, le temps reste agréable. Ils observent les lieux avec une extrême vigilance. A part le chant des oiseaux, aucun bruit ne leur paraît suspect. Ils contournent cette vieille chapelle qui à bien y regarder est dans un état de ruine avancé. Aucun moine à l'horizon pour l'instant. C'est alors qu'ils se questionnent sur la direction à prendre, mais la réflexion est de courte durée avant qu'ils ne se décident à prendre le seul chemin qui borde cet édifice. C'est un choix qui reste cependant bien difficile, dans quel sens l'aborder par la gauche ou la droite. Le secteur est tellement boisé qu'il prive nos aventuriers de toute visibilité.

Le chevalier De Rigaud :
- Je vais grimper sur ce qui reste du clocher, avec beaucoup de chance c'est de là-haut, que nous y verrons plus clair !!
Le chevalier De Rigaud commence son escalade, il est stoppé brusquement dans son élan par Ugo

qui ordonne à tout le monde de se cacher :

- Viiiiite !... Viiiiite ! ... Mettez-vous à l'abri ! dépêchez- vous... J'entends des chevaux qui approchent !!

Ils s'écartent tous de l'édifice en s'enfonçant dans le bois puis se jettent à plat ventre pour épier les arrivants en restant cachés derrière les fourrés. La quiétude du lieu est troublée par le galop des chevaux qui se rapprochent. Après le son arrive l'image, une dizaine de cavaliers passent à vive allure. Plus les montures s'éloignent, plus le bruit de la cavalcade s'estompe.

Le chevalier De Rigaud décide somme toute, de suivre la même direction.

Ugo interroge le chevalier De Rigaud :

- D'après vous, c'était des guelfes ou des gibelins ?

Le chevalier De Rigaud:

- Impossible de vous donner la réponse, pour le coup... Je suis comme vous et je n'en sais rien. Nous n'allons sûrement pas tarder à le savoir, je vous propose de nous diriger dans le même sens.

Tout le monde est tendu, l'inquiétude se devine

sur le visage de Carole autant que sur celui d'Ugo qui vient d'ôter son casque.

L'appréhension les tenaille alors qu'ils entament leur périple sur ce chemin en cette belle journée du sept janvier 1297. Ils avancent sans aucune discussion. Afin de parfaire au mieux leur mission ils observent les moindres recoins et analysent le plus petit détail.

Toujours sur leur chemin, et après une certaine période ils aperçoivent subitement, au sommet d'une petite colline, cinq cavaliers qui regardent dans leur direction. Ils sont statiques, telles des statues, aucun geste, pas plus amical qu'hostile.

Nos héros ne réduisent pas leur cadence pour autant et font fi de leurs inquiétudes.

Ils optent pour la meilleure attitude, celle de ne rien laisser paraître. Tout en marchant, instinctivement les regards restent fixés sur ces énigmatiques personnages, et pour le chevalier De Rigaud, la surprise est de taille … Alors qu'en même temps…

Carole chuchote :
- Qui sont ces personnages ?

Le chevalier De Rigaud:
- Ce sont de grands guerriers d'une confrérie Chinoise. Je reconnais leur tenue ainsi que leur blason.

Ugo :
- C'est aberrant !! Que font les chinois ici ?

Le chevalier De Rigaud :
- Là encore, Ugo... Je n'en sais fichtre rien, le mystère s'épaissit...

Carole :
- Vous semblez avoir des connaissances sur cette confrérie, dites-nous en plus...

Le chevalier De Rigaud :
- Mes seules informations, se limitent à une confrérie secrète chinoise calquée sur l'ordre de Confucius. Leur présence présage forcément un événement de la plus haute importance, ça j'en suis certain.

Nos trois compères continuent leur marche, s'éloignent doucement des guerriers chinois mais gardent tout de même un œil vigilant sur les faits et gestes de ces inconnus.

Enfin ils ont disparu, la sérénité revient balayant

ce profond sentiment d'inquiétude qui les gênait. Néanmoins leur présence les rend très suspicieux, elle attise leur imagination qui s'avère de courte durée, car surgissent subitement de toutes parts un grand nombre d'individus qui les encerclent.

Les voilà en plein milieu, pris au piège par ces hommes qui sont et deviennent de plus en plus menaçants. Le chevalier de RIGAUD dégaine son épée, Ugo l'imite et présente en direction de ces malfrats la sienne pendant que du mieux qu'elle le peut, Carole se protège derrière nos héros.

Ils se retrouvent tous trois, obligatoirement dos à dos face à une vingtaine d'assaillants.

Ceux-ci leur ordonnent de déposer leurs armes. La sagesse l'emporte sur l'héroïsme d'un suicide assuré face à cette horde déterminée, et surtout armée jusqu'aux dents. Une fois dépossédés de leurs épées, les voilà ligotés par les poignets puis introduits en file indienne sans ménagement au centre d'une colonne de prisonniers. Au cœur de la forêt, escortés par ces brigands, ils entament une excursion.

Rapidement, ils se retrouvent dans un repaire au centre d'une clairière où émerge un village sorti de nulle part. C'est ainsi que sur leur trajet, des curieux s'agglutinent sur leur passage, animés d'une hostilité caractérisée par des injures et jets de pierres.

Ce valeureux et sage trio ignore et ne répond à aucune de ces provocations, bien au contraire, la peur les pousse à se retrancher dans un mutisme total.   Suite à l'épreuve des jets de projectiles, ils sont violemment poussés à l'intérieur d'une cage en bois confectionnée par quatre pans de barreaux entrecroisés. Le temps que l'on défasse les liens qui immobilisaient leurs mains, ils se retrouvent projetés au sol en compagnie d'autres locataires qui occupent déjà cette geôle. Les geôliers ne sont pas insensibles à la beauté de Carole. C'est pourquoi, ils en profitent pour se distraire sans aucune réserve en la tripotant. Ils s'amusent comme des petits fous, la bousculant de l'un à l'autre, accompagnant leurs gestes par des rires tonitruants. Carole exprime son dégoût, laissant ressurgir sa colère, telle une tigresse se débattant férocement.

Un signal retentit, ce qui surprend tout le monde. Aussitôt tous les voyous réagissent d'une manière spontanée en abandonnant leur proie, libérant le lieu sans attendre. Pendant que les scélérats s'éloignent, Ugo se rapproche de Carole afin de la réconforter. Le chevalier de Rigaud en fait autant en lui tapotant l'épaule d'un geste amical. Puis, il fait un tour sur lui-même pour évaluer la complexité de la situation. Dans sa volteface il se rend compte que deux hommes se tiennent debout au fond de leur cage. Tous s'observent avec méfiance, les uns comme les autres.

Puis le chevalier De Rigaud interroge :
- Pourquoi êtes-vous emprisonnés ?

Un des hommes :
- Nous avons été victime d'une attaque par des Individus qui semblaient diriger une petite armée. Ils nous ont subtilisé nos bures et nos biens personnels.

Ugo :
- Vos bures ? Mais d'où venez-vous?

Le moine :
- Nous venons d'un monastère de la périphérie de Gènes et nous sommes tous deux, moines avec une mission bien spécifique.

Ugo :
- Comment ça ? À part prêcher la parole de

Dieu ?... De quelle mission pouvez-vous être chargés ?

Le moine offensé, d'un ton agacé répond tout en valorisant sa mission :
- Bien avant que ces voleurs nous détroussent de nos vêtements et de nos effets personnels, nous étions chargés de livrer au Cardinal qui réside dans le château de Monaco une cassette contenant de précieuses pièces d'or.
Ensuite, ils nous ont encordés au pied d'un arbre et sont partis. Nous avons prié, même imploré pour avoir de l'aide avant qu'arrivent ces infâmes individus. Nous pensions être enfin libérés mais visiblement ce n'était pas des sauveurs, car comme ils l'ont fait avec vous, ces brigands nous ont conduits ici.

Le chevalier De Rigaud n'en revient pas qu'Ugo ait pu obtenir ces informations aussi aisément. Il a bien compris qu'il s'agissait de François Grimaldi qui vient de les devancer. Il devine surtout que celui-ci, c'est déjà procuré son déguisement pour mener à bien son stratagème afin de pénétrer dans le château. Et que visiblement, il est aussi en possession des pièces d'or, ce fameux indice, qu'ils sont venus chercher.

Le Chevalier De Rigaud un peu exaspéré lance :
- Il faut impérativement trouver une solution

pour échapper à ces brigands et rattraper François Grimaldi afin de récupérer le butin, puis retrouver la porte du temps et quitter ce monde cauchemardesque.

Désorientés, les moines témoins et attentifs à ces curieux propos, l'écoutent et, horrifiés, pensent qu'ils ont certainement devant eux un adepte du diable, possédé jusqu'au bout des ongles pour tenir ce langage incohérent.

Ugo :
- La nuit va bientôt tomber, nous devons agir maintenant, pensez-vous qu'avec ça nous allons pouvoir faire quelque chose ?

Il tend un petit couteau suisse en direction du chevalier de Rigaud qui s'en empare aussitôt. Il l'utilise pour commencer à couper les cordes qui fixent les barreaux de la cage. Les moines assistent médusés à cette scène surréaliste. Méfiants, ils se tiennent toujours à l'écart collés au fond de la cage, déboussolés par la vision qui s'offre à eux.
Les gardiens approchent, mais Carole, Ugo et le chevalier, le dos tourné, ne les voient pas.

Un moine alerte :
- Attention messire !!! Derrière vous...

Ils se retournent tous brusquement, pendant que les hommes surgissent les lames de leurs épées en avant. Ils pénètrent ensemble dans la cellule tenant fermement en respect, nos deux chevaliers désarmés. Mauvaise situation pour oser tenter quoique ce soit pour l'instant. Les brutes empoignent Carole pour l'extraire de la cage. Elle tente une résistance, se débat de toutes ses forces avant finalement d'abdiquer. Contrainte à accepter l'évidence, elle n'est vraiment pas de taille à lutter contre ces trois gaillards qui la malmènent.

Ugo perçoit au travers des pensées de Carole son désespoir, qui effrayée implore de l'aide. Il ne peut rester indifférent et stoïque, alors que sa dulcinée est aux prises avec ces vauriens. Il décide de passer à l'action et s'apprête à sauter à la gorge d'un des agresseurs qui se présente face à lui. Le voilà animé d'un brin de folie, mélange de courage et d'ardeur qui le motive à passer à l'action. Cette fois il est déterminé et décidé, Il commence mentalement son décompte.... Un... Attente de quelques secondes ..... Deux ....Puis arrive, ce qui lui semble être le moment propice quand ......

Une sonnerie sur fond musical retentit et diffuse avec force la chanson « allumer le feu » de Johnny...

Inutile de préciser que si pour Carole et ses acolytes, c'est juste un instant surprenant, il n'en est guère de même pour les habitants de cette époque où la frayeur laisse place à l'épouvante.

Ugo entend la pensée de Carole :
- Mince, j'ai oublié d'éteindre mon portable... C'est ce foutu rappel de mon rendez-vous pour l'esthéticienne...

Tous les gens alentours s'écartent, même les armes dirigées sur Carole et ses compagnons se baissent. Cet instant irréaliste fige ce moment indescriptible. Toute l'assistance se regarde avec étonnement, s'épie, alors que toutes les têtes cherchent la provenance de ce bruit étrange. Pour tous ces êtres ancestraux demeurant dans une autre dimension, cela ne peut être qu'un signe de l'au-delà.
Face à cette situation totalement improbable, Carole pense pouvoir profiter de la situation et s'en servir pour avoir le dessus en sortant son téléphone portable qu'elle avait glissé dans son corsage.
Elle brandit à la vue de tous, ce smartphone comme une arme magique en l'activant pour visionner une vidéo déjà enregistrée. C'est un véritable coup de semonce qui s'abat sur cette communauté, si bien que pris d'effroi tout le monde recule extériorisant une exclamation de

surprise collective.

Carole est persuadée d'avoir gagné la partie et se sent particulièrement fière de son acte. Le chevalier ainsi qu'Ugo en profitent pour se placer à ses côtés.

Quand tout à coup un des moines s'écrit :
-   Sorcellerie ! Sorcellerie ! Ce sont des envoyés du diable !!! Qu'on les brûle …. Au bûcher !!

Dans la foule, d'autres irréductibles, poussés par cette démonstration de courage, se joignent de vive voix aux vigoureuses récriminations des représentants de Dieu.

Ce qui a pour conséquence de faire monter les enchères concernant le geste de Carole assimilé à de la sorcellerie. Revendiquant comme seule finalité la mort pour les diableries articulées des chevaliers des rêves.

Pendant cet effet de surprise machiavélique, les villageois qui s'étaient massivement écartés de quelques mètres, avaient sérieusement élargi le cercle autour des trois envoyés du futur. Il y a maintenant suffisamment d'espace, pour leur permettre de chercher une issue et s'enfuir.

Mais l'effet vient de s'inverser avec cette montée

de grogne collective qui ravive l'agressivité des truands, réduisant à présent leur possibilité car les assaillants se rapprochent dangereusement une fois de plus.

Le chevalier De Rigaud arrache avec force une épée en bousculant un homme à sa portée, il la brandit au plus haut et pousse un cri de guerre qui réveillerait un cimetière tout entier.
Un nouveau renversement de situation apparaît, les gredins malgré leur supériorité numérique stoppent net leur avancée tout en poussant un Oooooh ! De surprise et de stupeur avant d'entamer un autre repli.

Le Chevalier De Rigaud exulte de fierté, le torse bombé par l'illusion de sa puissance. Carole et Ugo en sont presque à sourire de l'effet généré par le chevalier. Réjouissance assez brève, vite interrompue lorsqu'ils s'aperçoivent que tous les visages et regards ont pour centre d'intérêt un point fixe au-dessus de leurs têtes. Le réflexe les pousse à lever les yeux au ciel pour découvrir l'impensable.

La majestueuse petite fille en blanc, se tient là, immobile, suspendue dans les airs, les ailes

déployées tel un ange descendant du ciel, les bras en avant en guise de protection pour nos élus ….
La fierté du chevalier est balayée, il est aussi surpris que les autres mais loue cette aide tombée du ciel.

Ugo reconnaît la petite fille en blanc qui l'épaule depuis des années. Il se retrouve face à son ange gardien une fois de plus, ce qui lui donne l'envie de lui exprimer toute sa gratitude.

Elle est là, flottante à quelques mètres au-dessus d'eux, revêtue à merveille de sa parure d'ange, enveloppée d'un halo aussi blanc et lumineux que sa tenue. De ses bras tendus émane un faisceau éblouissant qui érige une barrière de protection infranchissable.

C'est à n'y rien comprendre mais les braves missionnaires ne se posent pas de questions, ils récupèrent leurs armes avant de prendre la poudre d'escampette. La protection angélique de la gamine les sécurise leur permettant d'avancer lentement mais sûrement. Les coupe-jarrets s'écartent, laissant le chemin libre aux voyageurs du temps. Le silence accompagne la crainte du peuple qui de toute évidence, reste totalement pétrifié par cette manifestation divine.

Le trio en profite pour déguerpir, reprenant la direction du sentier afin de retrouver le plus rapidement possible leur chemin. Ils traversent enfin le village jusqu'à la sortie sans qu'aucune difficulté ne se dresse sur leur route, ni ne puisse les ralentir.

Bien au contraire, les villageois, cette bande d'écorcheurs, n'osent plus faire un geste. Ils restent tous dans l'expectative, acceptant l'instant de l'apparition comme un signe de l'éternel, qu'ils souhaiteraient prolonger le plus longtemps possible.

Ugo et les siens s'éloignent jusqu'à disparaître de cet endroit dantesque. L'ange, fait de même et s'évapore.

- - - - - - - -

Pendant ce temps Albert avec deux de ces acolytes sont sur le point de franchir la porte du temps pour se lancer sur les traces du Malicieux.

Après avoir emprunté un itinéraire dans les galeries de la caverne, ils se présentent dans la salle d'embarquement adaptée pour ce voyage intemporel. Les trois chevaliers de l'ombre se positionnent devant une arche sombre, jonchée d'inscriptions et de sigles morbides. Ils se tiennent debout, immobiles, campés devant un symbole qui prédomine au centre de cette voûte.

Il émane une lueur particulière de cet astre lunaire, reproduit par un halo blafard sans éclat, laissant à peine entrevoir leur tenue aussi obscure que les valeurs de leur confrérie.

Tout de noir vêtu, couleur de rigueur pour adhérer à l'obscurantisme, en partant de la coiffe un tricorne cache pratiquement tout le front avec au-dessous un masque mystérieux, qui lui, enveloppe le visage. Sur les épaules, une cape qui tombe jusqu'aux mollets et cache des vêtements aussi sombres que le reste. Ensuite viennent les bottes. Jusqu'aux armes moulées dans un matériau d'un noir ténébreux.

Dans la grotte un signal retentit, c'est l'annonce d'un départ imminent.

Une alerte sonore résonne avant qu'un épais brouillard noir avale les voyageurs.
Il s'en suit quelques secondes de silence puis celui-ci s'estompe. Seul le vide autour de l'arche permet d'attester que les missionnaires de l'ombre ont bien disparu.
Une poignée de secondes plus tard, dans la pénombre la plus totale, ils réapparaissent près d'une crypte.

Sans connaître l'endroit, les voilà près d'un lieu stratégique, à proximité du campement des soldats supposé accueillir le Génois François Grimaldi.

Un rapide coup d'œil discret aux alentours pour s'assurer que personne ne les a repérés. La voie est bien libre, ce feu vert permet aux aventuriers d'entreprendre leur mission. Ils glissent tel des ombres flottantes sur ce sentier qui les conduit tout droit vers leur objectif.

Le manque de luminosité pour eux n'est pas un obstacle, ils se déplacent aisément doté d'une vision nocturne développée. Ils avancent comme des félins d'une démarche lente et feutrée.

Une courte distance les sépare des abords du camp, ils s'en rapprochent rapidement. Les voilà sur les hauteurs d'une colline, un point stratégique, qu'ils prennent comme une aubaine, eux, qui ont peu de temps pour échafauder un plan qui se doit d'être infaillible.

Ils ont conscience que pour être efficace dans cette mission délicate et dangereuse, il leur faut associer discrétion, précision et rapidité.

De leur poste de guet, ils détaillent avec minutie les emplacements de toutes les tentes qui composent ce campement. Les flammes qui s'élèvent des brasiers éparpillés aux quatre coins, crépitent et donnent suffisamment de clarté pour distinguer l'ensemble du bivouac. Prudemment à plat-ventre, ils épient chaque mouvement des hommes de cette faction guelfe. Ils cherchent simplement à localiser leur cible au cœur de cette fourmilière.

Quand tout à coup, Frère Bernard le doigt tendu en direction de la plus grande tente chuchote :
-    Frère Albert, il me semble que celui que nous cherchons dispose d'une pergola là-bas... Il doit

loger dans ce velum... Regardez... Si je ne me trompe pas c'est lui !!!

Albert :

- Celui qui est de dos ?... j'ai du mal à le reconnaître Frère Bernard.

Bernard insiste :

- Frère Albert... j'en ai la conviction !

Albert :

- Frère Bernard... Nous ne pouvons faire confiance qu'à la certitude.

Bernard sûr de lui :

- Je l'ai... Je suis certain que c'est là notre homme !!!

Albert fait encore preuve de scepticisme :

- Frère Bernard, excusez ma méfiance mais nous allons rester prudents.

Bernard convaincu :

- Regardez Frère Albert, sa tente est excentrée, il semble seul et il n'y a qu'un garde, qui me paraît sérieusement alcoolisé... En agissant de suite, nous pouvons l'avoir.

Albert prudent :

- Pas de précipitation… Frère Bernard nous n'aurons pas de deuxième chance… Il nous faut agir et frapper à coup sûr… Si le garde donne l'alerte nous sommes fichus… Attendons qu'ils s'endorment… Nous optimiserons nos chances de réussite.

Albert plonge sa main dans la poche de son pantalon pour en extraire cette redoutable fiole. Il la manipule avec une extrême précaution. Ses acolytes spontanément s'écartent à la vue de l'objet dangereux. Une erreur pourrait leur être fatale.

Frère Bernard :
- Ce n'est tout de même pas avec ça, que vous comptez …

Albert lui coupe la parole :
- Cette petite ampoule est plus puissante que n'importe quelle arme… Elle possède un effet destructeur, i…né…ga…lable . Son contenu est invisible mais dévastateur… A plusieurs reprises, il a fait ses preuves sur une bonne partie de la planète avec un taux de mortalité sur des continents qui dépasse les soixante pour cent de la population. Les dates de ces pandémies sont

gravées dans l'histoire. Alors … Je compte bien ce soir, commencer par l'éradication de cette petite faction guelfe et surtout de son chef.

Frère Bernard :
- Vos propos sont effrayants Frère Albert, qu'est-ce qui est si dangereux dans cette fiole ?

Albert :
- Le virus de la peste noire, modifié, maximisé de sorte que son effet agisse instantanément sur quiconque le respire. Voilà pourquoi en brisant la fiole dans le barnum du Grimaldi, nous aurons accompli notre mission au nez et à la barbe de tous, et surtout sans affrontement. L'effet étant immédiat, même le camp sera décimé rapidement…   Ensuite nous partirons à la recherche des moines, pour les déposséder de ces fameuses pièces.

Albert entend et ressent des vibrations d'un objet logé dans une des poches de son vêtement. Il en retire sa Olvisio qu'il dépose aussitôt au sol à ses pieds. Les trois frères attentifs , en attendant la connexion, se regroupent autour de lui. Le temps qu'Albert active l'appareil, un cercle s'illumine et s'élève au-dessus de la partie supérieure avant qu'apparaisse l'hologramme du grand intendant.

Albert murmure :

- Grand intendant... Nous sommes à quelques pas de finaliser la première partie de notre mission, nous attendons que le camp s'endorme pour agir.

Le grand intendant :

- C'est bien pour cela que j'interviens, vous devez savoir et c'est une indication... Que les pièces sont dans le campement. Les moines qui les détenaient ont été dépouillés par les meneurs de cette armée. Ce qui laisse à penser que François Grimaldi ou son entourage, détient une partie de l'indice qu'il vous faut récupérer à tout prix.

Albert contrarié :

- Grand intendant, cela complique notre tâche, comment trouver ces pièces au milieu de toutes ces tentes ?

Le grand Intendant :

- Les tenues de moines se trouvent dans la tente des gardes, qui elle est, pratiquement attenante à celle de leur chef...Vous devez agir dans la plus grande discrétion, personne ne doit vous surprendre, et surtout éviter l'affrontement physique… Mais faites vite, c'est cette nuit qu'il va s'emparer du rocher.

La communication s'estompe, jusqu'à ce que l'image disparaisse, laissant Albert et les siens analyser la complexité de l'opération. Il leur faut à présent, malheureusement, changer leur plan.

Cet imprévu nécessite de développer une autre stratégie, afin de récupérer en priorité le butin et ensuite agir pour éliminer le patron de cette faction guelfe. Cela ne peut en être autrement, l'inverse optimiserait le risque qu'ils soient affectés eux aussi par la propagation du virus.

Georges Le troisième larron, qui demeurait dans la plus grande discrétion se manifeste brusquement :
- Regardez mes Frères !... Ça bouge, près du barnum.

Bernard :
- On dirait des femmes qui entrent dans la tente…

Albert :
- Nous ne pouvons plus attendre pour récupérer

notre butin. Profitons pour agir, que notre cible soit occupée pour sa dernière nuit, à baigner dans la débauche.

Bernard :
- Le risque est grand mes Frères… Ne devrions-nous pas plutôt attendre qu'elles repartent ?

Albert :
- Non ! Non !... Tant qu'ils se divertissent, ils ne remarqueront même pas notre présence… Il nous sera difficile d'accomplir notre mission, si nous attendons que l'aube arrive car le camp va se réveiller.

Tous trois se relèvent, entament leur descente. Ils se frayent un passage entre les branchages en contournant le campement, de sorte de se retrouver directement aux abords de la tente du Grimaldi. Un déplacement qui nécessite une extrême vigilance. Le mot d'ordre reste le silence absolu, malgré leurs démarches furtives le terrain plus ou moins cahoteux vient compliquer considérablement leurs efforts. Les feuilles crissent sous leurs pieds. Il serait vraiment mal venu de se faire repérer maintenant. La lune bienveillante, les éclaire suffisamment et leur ouvre le chemin au plus près de leur point de chute.

Ils y sont presque, encore quelques dizaines de mètres et ils y parviendront. Parfois, obligés de se dissimuler derrière des fourrés assez fournis, pour que l'on ne puisse pas les apercevoir.

Cela leur permet de superviser tout ce qui se passe autour d'eux. Ils aperçoivent dans la tente au travers de l'épaisse toile, grâce à la luminosité des torches, les silhouettes en ombre chinoise. Ils épient en bons voyeurs, les ébats charnels des trois personnes qui s'y trouvent. Les cris de plaisirs qui s'en échappent ne perturbent en rien le sommeil des gardes des bivouacs attenants.

 Albert décide que c'est réellement le moment de passer à l'action. Il s'assure une fois de plus qu'il possède bien la fiole. Cette terrible ampoule qu'il serre fortement dans sa main, avant d'aviser par de discrets murmures et des gestes ses frères d'armes, que l'heure est venue. Il répète sa gestuelle à plusieurs reprises sans succès car personne ne réagit.

 Surpris et déçu par l'absence de réactions de ses compères, Il se retourne pour intimer une fois de plus l'ordre de passer à l'action mais, tout à coup le voilà figé, stupéfait par l'image qui s'offre à ses yeux. Ceux-ci sont tenus en joue par trois individus postés derrière eux.

Impossible de discerner qui sont ces agresseurs. Ils sont bien trois, tout de noir vêtus, bras tendus prolongés par un sabre menaçant.

Une voix grave pourvue d'un accent asiatique s'adresse à Albert :
- Remets-nous la fiole !!!

Albert dans un geste d'incompréhension :
- Je ne comprends pas ?

Le guerrier chinois plus que menaçant réitère sa requête :
- Donne-moi la fiole !!!

Albert refuse, prend son courage à deux mains, recule d'un pas, sort son épée et entame le combat. Encouragés par l'attitude de leur chef, Georges et Bernard font de même. Le silence est déchiré par les lames qui s'entrecroisent. Cette bataille rangée aux portes du camp génère un vacarme assourdissant.

L'alerte est donnée par les sentinelles, en quelques secondes, le camp est en ébullition.

Les échanges entre les deux confréries sont d'une violence démesurée. Les combattants chinois sont nettement plus agiles et plus forts que nos chevaliers du monde obscur. Si bien que nos trois larrons se retrouvent rapidement à terre.
L'approche des soldats guelfes les oblige à se sauver immédiatement, tout le monde disparaît en un temps-record. Chaque confrérie emprunte un chemin diamétralement opposé. C'est cette échappatoire forcée dans l'espoir de semer les poursuivants, qui les emmène au cœur d'une forêt.

Après avoir parcouru une certaine distance, ils font une halte dans une petite clairière qui semble assez calme et sûre pour leur permettre de reprendre leur souffle.

Malgré la nébulosité de la nuit, il leur apparaît au travers du feuillage une bâtisse en ruine. Ils en profitent pour s'engouffrer à l'intérieur afin de s'y réfugier. À bout de souffle, ils s'assoient le dos collé à un mur de pierre, et constatent avec soulagement que personne n'est blessé.

L'empreinte de ce surprenant épisode plus que mouvementé s'estompe lentement pour laisser place au questionnement.

Bernard :
- Mais qui étaient ces individus ? D'où sont-ils sortis…? Comment est-ce possible ? Nous ne les avons ni entendus, ni vus arriver.

Georges :
- Comment ont-ils pu savoir pour la fiole ?

Albert :
- Cela ne peut être que des guerriers de la confrérie de Confucius. Ce sont des combattants chinois, d'une grande agilité, qui pratiquent brillamment les arts martiaux.

Georges déboussolé :
- Confucius ? Expliquez-moi frère Albert, je suis largué là !!!

Albert :
- Je pense que ce sont les adeptes d'une confrérie secrète chinoise, apparentée à l'ordre de Confucius.

Albert, tête baissée prend un temps de réflexion, tout s'enchaîne, les évènements défilent, il se remémore ce périple et sollicite tellement son esprit, qu'il s'absente complétement de l'instant. Puis revient dans la discussion.

Albert :
-   Oui, c'est ça... J'en suis plus que certain, ce sont bien les chinois... Cette fameuse confrérie régit cet empire asiatique depuis des millénaires par la pensée de Confucius, dans ce monde aussi spirituel que mystique.

Bernard :
-   Ah! D'accord mais... comment ont-ils pu être informés pour la fiole ? Et pourquoi sont-ils là ?

Albert :
-   Soit, ils ont un espion parmi nous, soit... ils possèdent réellement ce fameux Mirospace.

Les yeux écarquillés, les deux compères dans le flou total interrogent d'une même voix :
-   Mirospace ?

Albert :
-   Hé bien ! Voilà... Je pensais que ce n'était qu'une légende, mais visiblement cette machine est bien réelle. Celui qui la possède a le fabuleux pouvoir d'espionner, où qu'il se trouve n'importe qui, quelle que soit la distance ...De plus, ce qui est phénoménal dans cette invention, c'est qu'il

n'y a aucune caméra... pas de micro, juste la présence virtuelle qui permet de visionner et d'épier quelqu'un en direct en toutes situations ... Et puis, pour répondre à votre seconde question Frère Bernard, ils ont une organisation semblable à la nôtre. Ils sont aussi à la recherche des indices pour reconstituer le mystère des rêves. Pourtant, je m'étonne qu'ils soient passés à l'attaque avant que l'on ait trouvé les pièces. Il y a quelque chose qui ne tourne pas rond... A moins que ...

Albert dans l'interrogation plonge subitement la main dans sa poche. Il fouille dans ce moindre espace, et la ressort vide. Il lève les yeux au ciel envahi de désespoir et lance d'une voix affolée.

Albert :
- Mes frères, il y a un énorme problème, je n'ai plus l'éprouvette !

Aussitôt, tous se mettent à la recherche de la fiole mais en vain, elle a bien disparu. Albert est bien persuadé qu'il l'a perdue lors du combat. Ce qui renforce son désespoir, est qu'elle est désormais irrécupérable. Après ce malheureux évènement, il ne lui reste plus qu'à l'oublier à jamais, il lui faut à présent opérer différemment pour venir à bout du légendaire François Grimaldi.
Albert :
- De toute évidence, c'est uniquement après la

fiole qu'ils en avaient …. Ils ont dû être informés de nos intentions … Bon sang !!!...Dire que je la tenais dans ma main !

Puis la colère l'emporte et le pousse à des gestes inconsidérés , il peste, rage , se cogne la tête, s'arrache les cheveux. S'éloignant du trio, il s'adosse au pied d'un arbre et entre dans une phase de recueillement et de calme.

Il en profite pour faire le point sur cette débâcle, analyse minutieusement ce qui aurait dû, mais n'a malheureusement pas fonctionné. Il se concentre sur ce qui lui reste à faire, pour au moins faire aboutir une partie de sa mission.

Subitement, une idée lui traverse l'esprit, malgré un léger doute et scepticisme. Il espère tout de même intercepter la colonne qui se dirige vers le rocher.

Ce qui lui permettra d'éliminer enfin le meneur de cette troupe par le fil aiguisé de sa lame.

Au prise dans une profonde réflexion, il hésite, puis semble se lancer, puis à nouveau médite quelques secondes et se reprend :

- Non, ce n'est pas possible … L'approche demeure improbable avec tous ces gardes qui le protègent… Alors, peut-être … Devrais-je plutôt l'attendre patiemment au château et , m'en débarrasser dès qu'il aura franchi la porte….

Puis satisfait de sa trouvaille, il se dit :
- Oui, là c'est bon !... C'est bien à ce moment qu'il me faut agir ...

Alors, il se retourne vers ses frères et annonce d'un ton décidé :
- Il faut nous rendre au château, ne tardons pas mes frères.

A quelques lieues de là, pendant ce temps, au plus profond de la forêt. Les guerriers chinois, qui après avoir récupéré leurs montures à la suite d'une cavalcade effrénée, font eux aussi une halte.

De leur côté, persuadés que leur mission a échoué, les Chinois se résignent à prendre contact avec leur maître afin de donner les explications qui s'imposent.

Tchang, celui qui semble être le responsable de cette équipe, prend l'initiative de descendre de cheval, et l'attache au pied d'un grand chêne.
Ses compères l'imitent. Une fois pieds à terre, ils se regroupent devant un objet que Tchang manipule avec précaution.

Le tenant dans sa main, un faisceau de lumière jaillit, rajoutant un peu de clarté dans cette pénombre si pesante. Ils sont tous concentrés sur cet écran d'où finit par apparaître une silhouette, puis l'image se stabilise pour révéler la présence de Mr Delattre…

Il ne semble pas manifester d'agacement ou de colère, mais malgré tout Tchang penaud et tête baissée prend la parole pour se justifier et se fondre en excuses.

Tchang :
-   Maître, je demande votre pardon… j'ai failli à ma mission !… je n'ai pas réussi à lui subtiliser la fiole.

M. Delattre d'une voix grave:
-   Non Tchang ! Pas d'excuses…

À ces mots, Tchang désespéré, e décompose, il cherche du regard un soutien auprès des guerriers qui l'accompagnent.

 Quand le maître reprend:
-   Votre mission est en partie réussie… Albert n'est plus en possession de la fiole… Elle est certainement tombée pendant l'altercation.
L'important est que le Malicieux soit toujours en vie et c'est là que se trouve la priorité de votre mission.

Le guerrier reprend des couleurs, soulagé par les propos du Maitre, il essuie avec son avant-bras, d'un geste rapide, en utilisant le revers de sa manche, les quelques gouttes de sueur qui perlent sur son front.

M. Delattre :
- Vous devez vous assurer avant tout de la sécurité de François Grimaldi.

Tchang :
- Et qu'en est-il des pièces ?

M. Delattre :
- Les moines ne les détiennent plus, Ils se sont fait dépouiller par des individus liés à la cohorte des guelfes... Pour le vol des bures, l'auteur est bien François avec son acolyte, mais aucune indication sur les détenteurs du trésor...
Quant à ces sombres chevaliers du cauchemar... Hé bien ! ... Ils continuent à se diriger à pied vers le château... C'est vous ! Avec vos montures, qui n'aurez vraiment aucun mal à les devancer.

Tout à coup, des bruits mêlés à des sons de voix percent le silence de la nuit. Quand ceux-ci leur parviennent et se rapprochent dangereusement. Instantanément, les guerriers interrompent la communication et promptement remontent sur leur pur-sang, sans pour autant se déplacer. Ils restent immobiles. Tous mouvements pourraient les trahir, mais comme ils sont les champions de la discrétion, ils savent se tenir telles des statues dans un silence absolu. Même, les chevaux ne bronchent pas, en harmonie avec leurs cavaliers.

Seuls, les pas décidés et les paroles de la foule qui s'avance percent la quiétude du moment, et passe pratiquement sous le nez des guerriers asiatiques. Ils se trouvent si près des étrangers, insoupçonnables toujours bien camouflés par le feuillage, sans que personne ne perçoive leur présence et celle de leur étalon.

Le temps défile longuement pendant le passage de cette interminable colonie et après cette cohue, le calme revient. Tchang pense avoir reconnu leur leader en la personne de Francois Grimaldi, chef des guelfes. Leur impassibilité a fini par payer, les trois cavaliers sortent de leur tanière avec beaucoup de retenue pour ne provoquer aucun bruit. Tout aussi discrètement, ils entament leur avancée vers le rocher.

- - - - - - - - -

Carole, Ugo et De Rigaud quant à eux continuent leur chemin, encore à bonne distance des autres équipées, celles d'Albert, de Tchang et aussi de François Grimaldi. Pourtant il leur faut activer le pas, ne pas s'attarder, afin de retrouver les hommes qui ont détroussé les moines de leur magot.

Ils marchent dans l'obscurité à peine éclairés par ces quelques rayons de lune et observent cet environnement rendu beaucoup plus hostile dans ce contexte ténébreux. Il leur faut être attentif au moindre bruit qui les fait sursauter, une mise en garde permanente qui n'est pas pour les rassurer. Ils aperçoivent et se rapprochent de ce qui semble être un vieil homme assis sur un billot de bois au bord du chemin. Ils avancent tout de même malgré leur démarche hésitante. Le chevalier de Rigaud par précaution garde la main sur la poignée de son épée, prenant les devants pour protéger ses compagnons de route. Il devance son petit groupe d'une bonne enjambée, continue son chemin le plus naturellement possible. Une fois arrivé à la hauteur du vieillard, celui-ci relève la tête sans dire un mot.

Tous trois s'observent dans un silence pesant, seul le pas saccadé des chaussures en contact avec le sol, accompagné du bruit de la ferraille des armures, forment un fond musical régulier.

Ils regardent ce vieil homme assis sur ce tronc, tenant dans sa main un bâton assez long qui laisse supposer que celui-ci, lui sert de canne vu son grand âge.

Dans la pénombre, on ne peut que distinguer cette barbe blanche bien fournie, ainsi que cet incroyable regard impressionnant car troublant profond, perçant et attendrissant. Ce type de regard paradoxal qui ne vous laisse pas indifférent avec un sentiment indéfinissable de compassion. Le chevalier de Rigaud doté d'une bienveillance peu commune, s'interroge sur l'état physique de l'inconnu et lui propose son aide.

Le Chevalier De Rigaud :
- Bonsoir vieil homme aurais-tu besoin d'aide ?

Le vieil homme :
- Merci de vous préoccuper de ma personne messire… Mais non, je n'ai besoin d'aucune aide.

A peine termine-t-il sa phrase, qu'il baisse la tête comme s'il se refermait sur lui-même. Le chevalier De Rigaud certain d'avoir fait une bonne action, se retourne vers les siens faisant un signe discret pour s'éclipser.

A peine ont-ils tourné les talons, que l'étranger les interpelle d'une voix basse et rauque :
- C'est vous… Qui avez besoin d'aide !

Tous trois s'arrêtent net, se retournent, surpris par ce qu'ils viennent d'entendre.

Aussitôt le vieillard reprend :
- Carole… J'ai quelque chose pour vous.

Coup de tonnerre sur les épaules des visiteurs, En premier lieu, ils restent tous interdits. Il vient bien de s'adresser à Carole.

Le Chevalier De Rigaud :
- Qu'as-tu dit, l'ami ?

Carole enchaîne :
- Comment connaissez-vous mon prénom ?

Ugo effaré:
- Qui es-tu ?

Surpris, c'est tous trois, d'une même voix qu'ils interrogent l'inconnu.

L'homme reçoit ce flot de questions telle une vague, avant de reprendre la parole :
- Je suis là pour vous guider dans votre quête … Sans moi, il vous sera impossible d'accomplir votre tâche… Je répondrai à toutes vos questions ou presque… Mais de grâce une seule à la fois.

Carole et les siens reprennent leur interrogatoire

en même temps. Puis les deux chevaliers dans un élan de courtoisie se ressaisissent et, laissent la parole à leur équipière.

Carole :
- Je suis surprise que vous connaissiez mon pré-nom, comment savez-vous qui.... ?

L'homme lui coupe la parole poliment tout en reprenant le flambeau de la discussion.

Le vieil homme se présentant :
- Je me nomme MALTERIUS, je suis un alchimiste à la fois philosophe... magicien pour certain... sorcier pour d'autres... Je suis dans ma douze millième année... J'étais le conseiller de Napol le grand Monarque de tous les temps... Avant que l'Atlante disparaisse... C'est moi !... Qui avais la lourde charge de transformer ce terrible secret, en divers maillons... Et de les répartir aux quatre vents... Vous êtes à la recherche d'un de ces fameux éléments... Qui lui... Se présente sous forme de cassette ... Et rassemble cinq pièces d'or.

Le vieil homme fatigué, reprend son souffle et continue :
- Je sais ... Il vous en manque trois, et votre quête se porte sur les moines qui les détenaient. Sachant que ces moines ont subi une agression, qui les prive désormais de leur butin... Pour vous

la tâche se complique, cela vous apporte une autre difficulté... Elles ont été subtilisées par les hommes de l'ancêtre de la famille princière, que vous connaissez si bien, surtout vous Carole, qui êtes Monégasque.

Ugo et les siens abasourdis par les propos de cet illustre personnage, ils écoutent religieusement et absorbent chaque parole de son incroyable récit sans l'interrompre.

Malterius lancé dans ses explications en oublie presque de respirer, contraint parfois in extrémis de reprendre son souffle tout en continuant son exposé sans relâche, puis en se levant péniblement, termine en demandant :
- Voulez-vous avoir la gentillesse de m'aider à me relever...

Ugo aide le vieillard en le maintenant par le bras, le chevalier De Rigaud a le réflexe d'en faire autant.

Malterius :
- Veuillez m'accompagner jusqu'à mon humble demeure... braves gens!

Une fois Malterius sur pieds, Ugo hésite à le suivre et suggère de continuer leur chemin, d'autant, qu'ils ont pris beaucoup de retard sur la colonne des guelfes.

Ugo :
- Merci pour votre invitation et cette leçon d'histoire mais il nous faut partir au plus vite. Plus nous trainons et plus notre objectif s'éloigne.

Maltérius :
- Le seul moyen d'avoir une petite chance de mener à bien votre mission est de me suivre…. Avec ces paroles le vieillard vient de balayer la dernière hésitation. Ils se mettent en marche sans discussion, en direction d'une cabane en pierre, située à proximité du lieu de leur rencontre.
Elle semble au premier regard tellement petite, étonnamment petite, qu'il paraît inconcevable de pouvoir se loger dans ce mouchoir de poche.

Ils continuent et avancent lentement, rythmés par la cadence ralentie du vieil homme. Les trois compagnons persuadés qu'ils ne peuvent tenir à quatre là-dedans, suivent malgré tout leur guide toujours sans émettre d'opposition.

Ils arrivent enfin devant la modeste bâtisse… Le propriétaire des lieux tourne le loquet… la porte s'ouvre en grinçant… Le vieil homme les devance et franchit sereinement le seuil… Ses invités le suivent et s'introduisent à l'intérieur.

La pénombre les empêche de discerner le lieu. La porte se referme doucement derrière eux et étrangement une fois celle-ci verrouillée, un drôle de phénomène se produit. Une sorte de veilleuse s'allume au-dessus d'un encadrement de porte puis plus loin une autre, et s'en rajoute une succession, en enfilade à l'infini dans ce qui semble être un couloir interminable dont on ne voit pas la fin, bordé de part et d'autres par des centaines de lumignons.

Les questions inévitables du chevalier de Rigaud que plus rien ne surprend, vu ses nombreuses expériences, fusent bien malgré lui :
- Où sommes-nous ?... Quel est cet endroit ?

Ugo :
- Comment est-ce possible ? De l'extérieur ce n'est guère plus grand qu'un petit cabanon de jardin.

Maltérius sourit et s'empresse de répondre aux attentes des curieux :
- Vous êtes tout simplement dans le temple des souvenirs.

L'interrogation dans les yeux des trois chevaliers des rêves atteint son apogée.

Carole impatiente, curieuse et désireuse de découvrir ce drôle de mystère supplémentaire

questionne:
-   Que voulez-vous dire par temple des souvenirs ?

Maltérius :
-   Regardez bien en-dessous de chaque lumière se trouve une porte.

Tous, d'un signe de tête acquiesce en cœur, affichant un oui collectif.
Maltérius :
-   Il vous faut considérer que chaque porte représente un souvenir bien spécifique de votre vie. Chacune renferme un des souvenirs de celui qui s'aventure à l'ouvrir.

Carole :
-   Impressionnant !!... Et cela quel que soit les souvenirs ?

Maltérius :
- Oh ! Oui ! Et ils sont innombrables ...Disons plus particulièrement ceux qui sont enfouis dans les méandres de la mémoire...Tout comme ceux qui dorment et surgissent sans crier gare... Ils s'y trouvent aussi ceux qui souvent vous hantent... Ceux qui vous remplissent de bonheur avec joie et sérénité... Mais aussi les souvenirs qui vous amusent... Et là, ceux qui servent de leçons et vous renforcent dans vos convictions, etc.... Je

pourrais ainsi vous en citer une liste interminable.

Carole :
- Ainsi, chaque porte est un souvenir différent ?

Maltérius :
- Oui ma chère, non seulement différent mais bien spécifique et correspondant à chaque âme. Ce qui veut dire que la même porte empruntée par diverses personnes, dévoilera des souvenirs appropriés à la vie personnelle de chacun.

Carole :
- Mais à bien y réfléchir... N'est-il pas préférable parfois d'oublier certains d'entre eux ?... Puisque des souvenirs qui parfois s'effacent sont souvent des moments de vie que notre cerveau cherche inconsciemment ou consciemment à éliminer.

Maltérius :
- Pas toujours ma jolie... Parfois il y a des situations d'une importance majeure et qui pourtant vous échappent sur le moment... Elles tombent dans les oubliettes et c'est ainsi que... vous passez à côté d'un élément qui aurait pu changer le cours de votre vie.

Carole :
- Oh ! Il me semble... Disons que j'ai l'étrange

sentiment qu'avec délicatesse, vous essayez de me faire passer un message.

Maltérius :
-    C'est tout à fait ça ! J'apprécie votre intuition. Vous souvenez-vous d'un cadeau qui vous a été offert, il y a de cela bien longtemps, lors d'une soirée ? ... Sans importance à vos yeux et pourtant, j'essaie de vous faire comprendre qu'on vous a remis un présent d'une valeur inestimable, mais visiblement sans valeur pour vous ...Vous n'en avez pas eu conscience. Aujourd'hui, il reste bien enfoui dans les abysses de votre mémoire, et vous n'êtes pas en mesure en cet instant, de l'atteindre par vos seuls souvenirs.

Carole ricane :
-    D'une valeur inestimable dites-vous... Comment aurais-je pu oublier une chose pareille ?

Maltérius :
-    Quand je vous parle de valeur, ce n'est pas à connotation pécuniaire mais dans le sens le plus noble et spirituel de l'abondance, de la seule véritable fortune qui soit...Ici-bas.. Vous avez en votre possession, une carte qui vous permettra d'élucider la clé de ce mystère des rêves.

Carole saisit bien ce sens à qui elle est fidèle, et

s'en veut un peu d'avoir ironisé sur le sujet… Mais une autre pensée fulgurante la tire en arrière malgré elle… Elle se demande si le vieux Monsieur ne travaille pas du chapeau en doutant un peu sur les facultés mentales de l'individu…

Ugo à l'écoute de la moindre pensée de sa compagne sourit discrètement dans sa barbe.

Maltérius :
- Je vois que vous êtes partagée sur la question, ce qui me pousse à vous proposer de vous présenter devant l'une des portes. Pourtant il vous suffit juste de l'ouvrir, d'y pénétrer, et de la refermer une fois à l'intérieur. Vous pourrez en sortir quand vous le souhaitez, il vous suffira simplement d'effectuer le chemin inverse.

Carole tout en étant sceptique et pourtant malgré tout, envahie de curiosité et impatiente de tenter l'expérience, se laisse convaincre par les propos de l'alchimiste.

Elle suit les instructions et commence par se diriger dans ce couloir, sans oublier au passage de lancer un curieux regard inquiet et appuyé à Ugo. Partagée entre la crainte et cette enivrante aventure pleine de rebondissement. La tentation de plonger dans ses souvenirs l'excite au plus haut point. Elle hésite encore un petit instant, puis choisit une porte au hasard… Pose sa main sur la poignée… Tourne une dernière fois la tête vers les hommes qui la dévisagent… Un dernier regard au chevalier de son cœur puis courageusement, elle pousse lentement la porte qui grince… Elle est désormais ouverte mais rien ne se passe, cela semble être le vide total, elle ne se pose plus de questions puis entre furtivement.

Une fois à l'intérieur toujours ce vide sans fond qui prédomine, curieux tableau, elle scrute les alentours mais ne trouve que le néant, elle se tourne pour refermer la porte derrière elle.
Aussitôt lui apparaît une scène de son passé dans un décor bien familier. Elle se voit joyeuse adolescente, gravir le chemin qui mène sur l'esplanade du château princier pour retrouver sa bande d'amis, elle longe le mur de la prison.
Quand soudain, elle est interpellée au travers des barreaux par une voix affolée au-dessus d'elle.

La voix :
- Hé ! Toi là…je suis là regarde, c'est injuste je ne devrais pas être là…je ne l'ai pas mérité !!!

 Carole effrayée lève la tête :
  - Co…Coommennt ?...

La voix insiste :
- Tu le sais bien toi l'élue…

Carole apercevant le visage du prisonnier:
- Quoi ? Je ne comprends pas Monsieur…

Le prisonnier :
- Mais oui, toi ! Tu les connais dis- leur que je n'y suis pour rien…

Carole :
- Vous, vous trompez Monsieur, je ne connais personne…

Le prisonnier insiste :
- Je sais que c'est toi l'élue !

Carole persuadée qu'il est mentalement dérangé décide de continuer son chemin et hâte le pas.

Le prisonnier désespéré crie une dernière fois en sa direction :
- Non ! Non Carole ! ne te sauve pas …écoute-moi !!!!

Terrorisée par les cris de l'individu et surprise qu'il prononce son prénom, Carole revit cette scène avec la même émotion de sa jeunesse et s'enfuit pour sortir de ce souvenir en rebroussant chemin. Avant d'atteindre la sortie, elle entend dans un écho, la voix hurlante du prisonnier :
- Carole ! Carole !... Dis leur que ce n'est pas moi ! … Je n'ai pas volé le scarabée !!! Ne pars

pas !... Nooooonnnnn !!!

Elle ouvre la porte totalement affolée et se re-trouve essoufflée dans le couloir où les cheva-liers et le vieillard attendent calmement.

Carole épuisée :
- C'est affolant...Incroyable ! Mon Dieu quelle expérience.

Ugo et le Chevalier De Rigaud d'une même voix, dévorés de curiosité:
 - Alors ?...

Mais le vieillard les interrompt en s'adressant à Carole :
-   Maintenant que vous avez vu par vous-même, je vais vous indiquer la véritable porte que vous devez ouvrir pour faire avancer votre mission ... Même si le souvenir que vous venez de revivre n'est pas anodin.

Carole :
-    Est-ce vraiment nécessaire?... Je n'ai plus véri-tablement l'envie d'y retourner, laissez-moi déjà digérer ce que je viens de vivre.

Maltérius :
- Vous n'avez pas vraiment le choix... La solu-tion d'une partie de votre recherche se trouve

derrière la sixième porte.

Carole :
- Je laisse volontiers à l'un de mes preux chevaliers le loisir de vivre à leur tour cette expérience.

Maltérius :
-   Malheureusement, personne à part vous ne
peut s'aventurer dans vos souvenirs, là se trouve
ce que vous cherchez.

Très concentrée et sans un mot, Carole se place
devant cette fameuse porte, tout en retenant sa
respiration, elle entre dans ce nouveau souvenir.

Brusquement l'environnement qui s'offre à elle la
transporte. Apparaît devant-elle un bateau, qui
est un superbe yacht. Elle se voit errant sur le
pont, elle est beaucoup plus jeune, toujours adolescente, ce qui lui dessine un petit sourire
attendri. Il s'y trouve pas mal de monde, les gens
s'amusent, discutent, boivent, chantent, rient. Le
décor qui s'offre à elle regorge de richesse et de
beauté indéfinissable.
Elle reconnaît son univers, le navire est ancré aux
abords de Monaco qui est tout simplement un
lieu paradisiaque.

La voilà qui participe à une soirée et se demande
encore ce qu'elle fait là et qui sont ces gens ? Elle

fouille dans ses souvenirs cherchant encore des indices qui puissent la mettre sur la voie lorsque brusquement à travers un hublot, elle aperçoit son frère Carlos en pleine discussion avec d'autres invités. Ils sont en retrait dans une cabine, le comportement tendu de ces hommes révèle une certaine agressivité.

Un des personnages entrouvre une mallette, sans qu'elle ne puisse deviner le contenu. L'ambiance s'apaise pendant que son frère ouvre un meuble pour en sortir une grosse enveloppe qu'il remet aux grands gaillards.

Elle sursaute lorsque quelqu'un lui adresse la parole. Surprise, elle virevolte d'un coup et abandonne la scène qu'elle épiait pour répondre poliment à ce vieux monsieur qui visiblement s'intéresse à elle. Elle pense le connaître, l'avoir déjà vu mais ne sait plus du tout à quelle occasion. L'homme l'invite à la suivre de l'autre côté du bateau, sans même réfléchir, elle l'accompagne innocemment.

Parvenus à destination, ils se retrouvent devant un présentoir où sont exposés quelques objets de luxe, robes et accessoires. Le vendeur lui tend un foulard en soie, elle le tient quelques secondes puis le lui rend justifiant par la plus simple des explications, qu'elle n'en a nul besoin.

Celui-ci insiste et lui dépose entre les mains, elle

ne peut le refuser car ce n'est rien d'autre qu'un présent.

Puis soudain, elle est à nouveau témoin de cette phrase qui était passée totalement inaperçue et qui aujourd'hui lui résonne subitement à l'esprit :
- Même si tu es encore loin de te douter de la suprématie de ce petit bout d'étoffe en soie... Sache que ce joli foulard te revient ma petite... Tu en es la destinataire... Un jour tu découvriras la portée de ses symboles.

Carole prend le cadeau, remercie le bonhomme en s'éclipsant poliment. Ce qui ne l'empêche pas de penser que ce beau présent est totalement ringard pour ne pas dire affreux.

Elle décide de se mêler aux invités qui font la fête sans modération, prend une boisson et profite d'une place libre sur la banquette arrière de l'embarcation pour s'asseoir un moment. Elle observe toutes ces personnes qui déambulent sur le pont arrière et ceux qui gravitent autour d'elle.

Puis elle repère Albert, encore jeunot lui aussi, à cette époque. Jamais elle n'aurait pu deviner qu'il deviendrait un jour l'homme avec qui elle partage son quotidien. Ensuite, la voilà qui s'interroge sur la présence de son futur concubin, et remarque en même temps qu'une bonne partie de la haute société Monégasque participe à cet évènement festif. Et il est vrai, qu'il est le descendant d'une vieille famille résidant sur le rocher depuis de longues de générations.

Toujours assise, elle prend le temps de déplier le foulard qu'elle avait mis en boule, le découvre finalement et le détaille plus précisément.
L'imprimé qui y figure ressemble à une carte aux trésors avec des sigles inconnus gravés sur des pièces, des chemins qui partent dans tous les sens, comme les branches d'une étoile avec à chaque extrémité, les dessins d'objets bizarres ou d'insectes. Le plus frappant est un scarabée gravé sur la roche dans le recoin d'une caverne que l'on retrouve également en or, serti de turquoise, sur une porte. Un château, des galeries, des pierres des statues, des chiffres qui se rapprochent des nôtres mais avec une écriture différente.

Elle le trouve particulièrement démodé.

En regardant les pièces, Carole éprouve comme un malaise, puis le vertige s'accentue à la limite de la perte de connaissance. Elle résiste et ferme les yeux attendant que cela s'estompe, elle gère au mieux cette situation en rythmant sa respiration.

Quelques secondes plus tard, le souci de santé s'est évaporé, elle rouvre les yeux et se voit accoudée en plein centre d'un casino à une table de jeux de roulette. Autour d'elle des hommes et femmes qui s'exclament avec passion, joie ou déception à l'annonce par le croupier du numéro gagnant.

Elle ne reconnaît personne, pourtant l'endroit lui paraît familier, elle joue avec une maîtrise du jeu dont seuls les initiés bénéficient. Les jetons misés avec une aisance déconcertante glissent, d'un mouvement précis, sur le tapis vert pour se placer sur les numéros désirés. Alors qu'elle fixe le tapis de jeux, sa vision se trouble, tout tourne autour d'elle.

Proche de l'étourdissement qui l'oblige à cligner des yeux, elle espère récupérer la netteté de sa vision, mais à la place du tapis vert apparaissent les motifs imprimés sur le foulard. Tout y est ... les chemins... les pièces... ces dessins étranges... les symboles, ainsi que ce fameux scarabée.

Une voix derrière elle, lui murmure :
- As-tu repéré le chemin ?

Carole en se retournant, se demande qui a pu lui susurrer ce message. Intriguée elle cherche du regard d'un côté à l'autre de la table mais c'est le désert absolu, puis elle revient sur le tapis qui a repris son aspect et où une multitude de jetons sont étalés.

L'activité de la table de jeux bat son plein mais

Carole, perturbée se décide à quitter la table. S'avance pour récupérer sa mise, quand tout à coup le malaise revient suivi de ce trou noir en guise de perte de connaissance.

Un ultime sursaut la fait réagir, lui permettant de faire marche arrière et de se retrouver devant la fameuse porte, qu'elle ouvre avec précipitation pour échapper à cette spirale mémorielle, qui lui inflige un sentiment à la fois, d'inquiétude et de perplexité. Le temps de reprendre ses esprits, elle revient lentement vers Ugo et les siens, encore sous le choc de son expérience.

Maltérius :
- Avez-vous compris le message ?

Carole toujours imprégnée par son voyage :
- Il y a un mystérieux personnage qui revient dans mes pensées et notamment ce fichu foulard. Je le trouve toujours aussi moche, tellement moche que psychologiquement j'ai bien du mal à l'accepter, pourtant il apparaît constamment... La certitude est que je ne l'ai plus en ma possession Je l'ai certainement égaré ou donné à des œuvres caritatives... Forcément depuis tout ce temps, je n'ai plus aucune idée de ce que j'en ai fait... Mais bon sang pourquoi est- il si important ?

Maltérius :
- Ce foulard n'est rien d'autre que la copie

conforme d'un parchemin que j'avais fait réaliser dans le plus grand secret. Celui-ci a été détruit par Napol afin d'éviter que ses fils ne s'en emparent et retrouvent les maillons, qui reconstituent ce mystère tant convoité. Dans les tracés que vous avez pu deviner sur l'étoffe de soie, se trouve l'entrée secrète d'un souterrain qui conduit directement au cœur de cette forteresse Monégasque. Concentrez-vous... et réfléchissez... Dans une des branches de l'étoile il y a un chiffre particulier qui ressort tout comme les symboles.

Carole :
- En effet, je me souviens du chiffre 13 qui était inscrit sur le tissu dans une forme de chiffre romain... Cela m'a interpellé parce que le 13 est un numéro qui revient régulièrement dans ma vie.

Ugo intervient et d'un clin d'œil complice à Carole :
- Pour ma part, le 13 a aussi changé ma vie...

Maltérius :
- Ce n'est pas un chiffre romain mais c'est bien le 13.

Le chevalier De Rigaud :
- Bien ! Et que faisons-nous maintenant que l'on a ce chiffre ?

Maltérius :

- Hé bien ! Il ne vous reste plus qu'à vous engager dans ce couloir… Á repérer ce sigle au-dessus d'une des portes , l'ouvrir et entrer. Une fois à l'intérieur, laissez-vous guider par vos intuitions et vous n'aurez aucun mal à trouver votre chemin dans les entrailles du palais. En revanche, il vous faudra être attentifs… Le passage en espace-temps de dix minutes… Lui, s'ouvre seulement toutes les trois heures. Si je compte bien… Il vous reste deux heures à patienter avant de pouvoir l'emprunter.

Le chevalier de Rigaud impatient soupire :
- Encore deux heures ? Elles vont être intermi-nables. Quitte à attendre je préfère m'asseoir.

Il cherche autour de lui une chaise, ou autre, pour poser son postérieur mais constate que la pièce est vide, bougonne quelques mots, puis s'assoit au sol en s'adossant contre un des murs.

Carole et Ugo l'imitent en s'asseyant face à lui, pratiquement épaule contre épaule, sur le mur d'en face. Quant au vieil homme, il préfère rester debout, leur apportant avec sagesse, quelques dernières recommandations.

Ugo l'observe, dire qu'au départ sceptique il ne savait quoi penser du personnage. Il était tiraillé par cette dualité, partagé entre le prendre pour un grand déséquilibré, ou un maître de sagesse. Néanmoins il reste conquis, admiratif et subjugué par le récit, la sagesse et la bienveillance de cet homme au vécu et au parcours irréel.

Maltérius reprend :
- Attention mes amis, je vous mets en garde !! Ne ratez pas l'ouverture de la porte …Sinon vous repartez pour un cycle d'attente de trois heures.

Nos trois compères acquiescent en relevant la tête en direction de l'ancêtre pour constater avec stupéfaction, que celui-ci a totalement disparu.

Ils sondent la pièce dans tous les sens mais plus de trace de l'alchimiste. Leurs premières réactions, est la consternation, aussitôt suivie d'interrogation, puis une inquiétude galopante, les envahit.

Le chevalier De Rigaud interrogatif et affirmatif à la fois :
- Il est parti… Envolé ! Quel sacré bonhomme. Mais à présent, comment allons-nous faire pour trouver le bon moment ?

Carole fièrement :
- Rassurez-vous !... J'ai mon portable moi !! Si

j'active la fonction réveil... Nous serons fin prêts au terme de ces deux longues heures !!!

A cette annonce l'effet est immédiat, c'est le soulagement pour ses équipiers et effectivement, le stress disparaît. Contrairement à ce qui aurait dû se passer, et en toute logique, personne n'en veut à Carole d'avoir emmené son smartphone dans cette aventure, malgré les consignes strictes d'interdiction d'emporter en mission les objets ne correspondant pas à l'époque visitée.

L'effet d'apaisement prend le dessus et pour le chevalier De Rigaud, cela se traduit par un relâchement total de ses épaules qu'il plaque contre le mur, puis se laisse aller à une plénitude absolue avant de fermer les yeux.

Carole et Ugo, font de même, ils en profitent pour décompresser.

Ils sont tous deux, côte à côte. Quelques instants plus tard, ils ne sont plus simplement l'un près de l'autre, mais plutôt, tout contre l'autre. Ugo en grand timide pense simplement que Carole se rassure en se serrant contre lui.
Cette paisible et tranquille atmosphère propice au silence et où le temps s'écoule si lentement, entraîne Carole dans un profond sommeil.
Même au cœur de son sommeil, et jusque dans

ses songes, Ugo garde la possibilité de continuer à percevoir ce qui se passe dans son esprit.

Il en est presque gêné mais malgré lui profite pleinement de ce pouvoir pour infiltrer en détail le contenu de ses songes.

Carole dans ce rêve, se trouve dans une chambre faiblement éclairée, elle ne reconnaît pas la sienne, effectivement c'est celle d'une grande suite dans un palace. La certitude est qu'elle se situe en hauteur, offrant au travers de l'immense baie vitrée ce superbe panorama surplombant la mer et la côte qui se laisse deviner par de lointaines et multiples minuscules lumières.

Sur la table basse un seau de champagne dont la bouteille entamée est accompagnée de deux coupes à moitié pleines.

Les bulles qui s'en échappent, pétillent tout en grimpant le long des verres avant de s'évaporer.

Carole prend délicatement son verre pour trinquer avec l'homme, qui reproduit le même geste, avant de le porter, chacun à leurs lèvres.

Cette ambiance feutrée où les deux silhouettes se rapprochent furtivement, puis dans une étreinte fusionnelle, s'enlacent fougueusement.

Incontestablement cupidon vient de frapper à la porte de ces deux amants. L'étreinte grandit de plus en plus, ce qui leur permet de ressentir le moindre battement de leur cœur.

La tête de l'un repose sur l'épaule de l'autre. Les joues se touchent, se collent, les bouches se rejoignent au ralenti les lèvres s'effleurent.

La tension des deux tourtereaux atteint son apogée, puis un baiser langoureux les emporte hors du temps, au cœur d'une autre dimension. Il se dégage de ce tableau bien plus qu'un amour ordinaire, mais surtout une passion dévorante et débordante.

L'homme qui se présente de dos, dégrafe la magnifique robe à fleurs de sa partenaire. Celle-ci glisse lentement le long du corps avant de s'étaler sur le sol laissant apparaître au fur et à mesure, les courbes sensuelles de Carole.

Elle se laisse transporter comme envoutée par l'instant, savourant chaque seconde avant de prendre l'initiative à son tour de défaire une à une les pressions de la chemise de son partenaire. Ugo spectateur malgré lui de ce poste de voyeur, se sent profondément mal à l'aise, pensant assister aux ébats de Carole et son concubin Albert.

Mais sa crainte se dissipe rapidement et laisse place à la surprise lorsque Carole prononce cette phrase en réponse à l'individu :

- N'aie crainte … Nous sommes tranquilles, il est en voyage... Et ne rentrera que la semaine prochaine.

Cette scène le surprend d'autant qu'il éprouve un petit pincement au cœur, amplifié par un brin de jalousie, ce qui visiblement, commence à le contrarier. Il replonge avec plus d'attention encore dans le rêve de Carole, en ne perdant pas une miette de cette scène qui l'intéresse à présent au plus haut point.

A son tour, elle déshabille avec sensualité son partenaire, la chemise tombe à terre. La faible intensité de l'éclairage bien approprié à l'intimité de la pièce empêche de distinguer les traits de l'homme. Il distingue à peine ceux de Carole.

Les corps s'enlacent avec fougue, s'allongent sur ce grand lit qui leur tend les bras, se caressent, s'embrassent tendrement avant que Carole ne se redresse, enjambe et chevauche son amant. Elle se laisse aller, envahie de désir, exprimant par des gémissements ce plaisir qui monte en elle et la submerge. Cela trouble profondément Ugo et le dérange terriblement. Soudain un signal lointain et strident comme une sonnerie retentit. Cela provoque immédiatement un effet si indésirable, qui la sort de ces instants.

Carole de toutes ses forces en fait abstraction et se concentre sur l'entrée de la chambre, tout en continuant de plus belle, ses ébats avec son partenaire.

Le galant se redresse et s'apprête cette fois à se

retourner, quand la sonnerie monte en décibel, interrompant précipitamment cet acte charnel.

Ugo s'attendait, enfin à recevoir la réponse à son interrogation. Il se préparait à découvrir le visage de cet homme, quand la voix tonitruante du chevalier de Rigaud, se fait entendre :
- Ugo ! L'alarme du portable de Carole sonne depuis deux minutes, il serait temps de la réveiller.

Carole ouvre des yeux hagards, très surprise. L'expression de son visage en dit beaucoup et confirme sans aucun doute sa sortie précipitée du sommeil. Elle semble un court instant totalement perdue, alors, elle s'en retourne, essaye de fermer les yeux pour replonger dans son rêve. Là, où le film captivant de son inconscient qui se trouve être, le plus grand des réalisateurs, lui avait offert un rôle de choix. Scène si plaisante, qu'on peut voir sur son visage tout émoustillé, un restant d'extase. Sa tête toujours collée contre l'épaule d'Ugo, elle plonge dans son regard, guidée par le seul désir impétueux qui lui traverse l'esprit, celui de déposer un baiser torride sur ses lèvres. Elle est sur le point de l'embrasser, mais la réalité l'en détourne, elle se doit en priorité de faire taire cette alarme intempestive.

Ugo séduit par cette pensée volée, ferme les yeux et tend presque ses lèvres, il attend depuis si longtemps un instant de tendresse, surtout que le rêve de Carole ne l'avait pas laissé de marbre bien au contraire. Ne sentant rien venir, il ouvre les yeux et voit Carole aux prises avec le réglage de son mobile.

Il se préparait et s'attendait surtout à recevoir ce baiser, qui d'un coup d'un seul, s'est purement évaporé pour cause de smartphone.

La déception s'inscrit sur son visage, il commence par maudire ce manque de chance et se questionne :
- Comment est-ce possible? Moi Ugo! Capable de franchir les barrières du passé , être contrarié par ce même couloir du temps, lorsqu'il s'agit de me rapprocher de l'amour de Carole.
Pourquoi ce coquin de sort, s'amuse-t-il à faire obstacle à notre rapprochement alors qu'il nous avait rassemblés. La malchance s'acharnerait-elle contre moi ?

Le Chevalier De Rigaud se relève rapidement provoquant le terme de cette séquence émotion, ponctuée par une énorme déception.

Retour à leur mission. Dans cette action tout le monde, se calque sur le chevalier et se relève. Maintenant les voilà face à cet étrange couloir sans fin, qui reste si irréel, d'une telle profondeur et dont on ne perçoit pas la moindre extrémité. Un curieux labyrinthe, avec ces nombreuses et incalculables portes de chaque côté.

Cela ressemble, à bien y regarder à un tableau abstrait, se dit silencieusement Carole.

Ugo attrapant sa pensée au vol, répond à voix haute sans se rendre compte:
-   Si tu veux… Moi je dirais simplement une galerie, mais une galerie de portes.

Carole écarquille les yeux :
-   Quoi ? Qu'à tu dis ? Une galerie de portes ?!

Ugo :
-   Oui ! Cela vaut bien ton « tableau abstrait »…

Carole se frotte la tête enroule machinalement une mèche de ses cheveux et ne dit plus un mot.

Elle réfléchit :
-   Je dois être bien fatiguée, je pense tout haut.

Ugo entend cela et s'aperçoit qu'il vient de répondre aux pensées de Carole et non à une de ses paroles.

- Il ne faut absolument pas qu'elle sache se dit-il.

Elle prendrait cela pour de l'intrusion, après tout c'est encore le seul endroit, l'esprit, où l'être humain est encore libre...

Le chevalier leur fait comprendre qu'il est temps de se concentrer, l'heure n'est pas aux futilités.

Tous trois sans aucune hésitation s'engouffrent lentement et avancent dans le passage, cherchant ce fameux sigle dans la pénombre.

Ils observent, vérifient un à un chaque numéro, les pairs sont à gauche et impairs à droite. Ils arrivent à la hauteur du numéro douze, le onze est bien en face, mais pas de treize, un grand vide. Etonnés, ils s'interrogent, et même si l'inquiétude s'empare d'eux, ils n'hésitent pas et reviennent obstinément sur leur pas, pensant qu'ils auraient pu le manquer par inadvertance. Mais non, rien, pas de sigle et aucune de porte 13 à l'horizon. Ils en arrivent à douter, ont-ils rêvé, ou mal compris les directives du vieillard ?. Malgré leur ténacité ils se rendent à l'évidence, il n'y a pas de treizième porte.

Et pourtant les propos de Maltérius semblaient cohérents, plutôt précis dans les détails, plus que convaincant par le récit.

Le Chevalier De RIGAUD :
- Et si ce vieillard nous avait bernés ?

Carole :
- Je ne pense pas, il était là pour nous aider.

Ugo :
- Je rejoins Carole, je ne vois pas pourquoi il aurait agi ainsi, après nous avoir fait toutes ces confidences ?!

Carole :
- Peut-être quelque chose nous a échappé, avons-nous sauté une étape ?

Ugo énervé:
- Ha non, ce n'est pas possible… Nous sommes bien dans cet endroit magique… Nous avons bien respecté le temps, que nous manque-t-il ?

Le chevalier De Rigaud perdant patience à son tour:
- Assez perdu de temps comme ça!... Alors !... Soit nous empruntons une autre porte… Soit nous sortons de cet endroit !

Carole temporise:
- Non voyons ! Nous ne sommes pas arrivés jusqu'ici pour rien, il y a forcément une solution. Puis ouvrir une autre porte, ne servirait à rien…

Elle nous entraînerait dans nos vieux souvenirs respectifs, cela ne ferait que nous éloigner de là où nous sommes censés nous rendre...

Le chevalier De Rigaud :
- Je veux bien, mais nous ne pouvons plus nous permettre de perdre une seconde de plus, il nous faut reprendre la route immédiatement.

Après ce constat d'échec où ils piétinent dans ce couloir, et quelques dernières hésitations le trio se résigne et se dirige vers la sortie de la cabane. Ils font quelques pas dans cette direction avant d'être stoppés par un étrange effet lumineux.

A peine le temps de se retourner, que tel un laser, un faisceau de lumière dessine lentement de gauche à droite l'encadrement d'une porte. Une fois le contour tracé, le sigle treize apparaît en surbrillance au-dessus.
Nos trois compères s'approchent de cette entrée, alors même que le chevalier de Rigaud était sur le point de saisir la poignée, la porte s'entrebâille.
Ils éprouvent une singulière appréhension, mais l'adrénaline plus intense que l'inquiétude, les encourage à franchir le seuil. Ils sont accueillis par une lumière éblouissante, éliminant toutes possibilités de visibilité sur leur environnement. Le chevalier de Rigaud dans l'aveuglement le plus complet prend son courage à deux mains

en ouvrant la marche.

Carole et Ugo l'accompagnent portant la main en visière devant les yeux, se protégeant comme ils le peuvent de cette violente intensité lumineuse. Dès que tous trois se retrouvent à l'intérieur, le battant de la porte se referme brusquement, et progressivement la luminosité de la pièce s'atténue jusqu'à disparaître.

Les voilà à présent dans, non pas une vaste pièce comme ils s'y attendaient, mais dans une galerie authentique et souterraine à peine éclairée par quelques torches. Ils avancent avec la prudence qui s'impose en ce lieu inconnu.
Désormais guidés par ces flambeaux parsemés, dont les flammes dansantes en ombre chinoise, ondulent le long des parois.
Cela fait un bon moment qu'Ils marchent, sans qu'aucun changement de décor ne se produit, ils cheminent encore et encore avec conviction mais toujours cette même perspective monotone.

Carole :
-    Etes-vous sûrs que l'on avance ?... J'ai bien l'impression de faire du sur place.

Ugo :
-    Maltérius nous a ouvert la voie et jusque-là il a dit vrai, il faut donc continuer.

Le chevalier De Rigaud :
- Je pense que nous n'avons pas le choix. Car je ne sais pas si vou s avez remarqué mais au fur et à mesure que nous avançons….

Carole lui coupe la parole :
- Oui j'ai vu …

Ugo :
- Vu quoi ?

Carole :
- Ce Phénomène assez surprenant …

Carole se retourne invitant Ugo à en faire autant :
- Tu as vu les lumières ? Elles s'éteignent au fur et à mesure dès notre passage.

Le chevalier De Rigaud :
- C'est surtout le souterrain qui semble se refermer derrière nous, nous devons continuer c'est la seule issue possible.

Pas vraiment rassurés par ce qu'ils viennent de constater. Ils marchent silencieusement, à l'affût du moindre détail, attentifs au moindre bruit, mais rien ne se manifeste sinon le néant, à croire que le vide absolu s'est emparé de cet endroit. Leur détermination finit par être payante, ils arrivent enfin devant un porche orné de vieilles pierres. Au centre de celui-ci se présente un vétuste et bancal portail de bois. Les visages s'illuminent. C'est le soulagement général, enfin les voici peut-être à la sortie de cet inquiétant labyrinthe.

Leur enthousiasme s'étiole lorsqu'ils découvrent qu'il n'y a aucun moyen de l'ouvrir, aucune poignée, rien qu'ils puissent actionner pour en provoquer l'ouverture. Le portail semble bien incrusté dans la pierre.

Tous cherchent une idée, qui aboutirait enfin à la solution de leur énigme. D'autant qu'en parallèle et en toute discrétion, sans qu'ils le remarquent la roche s'est refermée sur leurs pas. Et, les voilà prisonniers dans les entrailles du château.

Le chevalier De Rigaud raisonne à voix haute:
- Pas de panique réfléchissons … Il nous faut sortir d'ici ! Et vite….

Ugo :
- Voyons voir… C'est certainement dans tous les symboles de ces pierres que doit se trouver la clé !

Carole :
- Mais c'est forcément là, la solution est devant nous ! Oui c'est sûr !

Le chevalier De Rigaud :
- Rappelez-vous les propos de Maltérius, ces symboles ont une signification et, je suis certain que le vieil homme nous a bien orientés, mais je ne me souviens plus du tout de ses paroles.

Ugo s'adressant à Carole:
- Il a insisté sur le tracé de ce fameux foulard que l'on t'a offert.

Carole :
- Oui, sauf que… Jusqu'à aujourd'hui ce foulard ne m'avait laissé aucun souvenir particulier… Je l'avais purement et simplement oublié… Il est réapparu dans mon esprit seulement dans cette salle aux souvenirs.

Le chevalier De Rigaud d'un ton un peu autoritaire s'adresse à Carole :
- Écoutez, faites un effort tout de même ! Il nous faut sortir d'ici… La clé est en vous…
Replongez dans vos souvenirs ! … Explorez les moindres détails.

Carole un peu irritée :
- Oui, ben …Facile à dire !

Elle se concentre autant qu'elle le peut… Décortique les quelques détails qu'elle s'efforce de ramener à la surface, mais en vain, elle a beau énoncer des sigles, des chiffres, alors que tout y passe, mais rien n'y fait.

Ils sont bloqués et restent confrontés à un véritable casse-tête, puis ressassent et repassent en revue de nouveau, tous les souvenirs étalés précédemment. Ils cherchent activement autour d'eux la moindre indication, sans pour autant trouver la solution.

En dernier recours le chevalier de Rigaud tente d'un coup d'épaule, de forcer cette porte, puis il enchaîne par de violents coups de pieds sans aucun résultat. Celle-ci ne bouge pas d'un pouce.

Ugo insiste à son tour imitant le chevalier d'un grand coup de pied, y mettant toute l'énergie que produit son état d'énervement.

Carole dans l'espoir d'apporter elle aussi une aide, s'approche également pour tambouriner sur cette porte. Alors qu'elle s'apprête délicatement à toucher l'embrasure, des rayons de lumière s'échappent de tous côtés. Surpris par cet effet, ils reculent tous ensemble d'un pas.

La magie ne dure pas et disparaît aussitôt, et la porte redevient inactive... Carole renouvelle sa tentative... La porte réagit et une fois de plus des éclairs traversent l'espace devant eux.

Innocemment, elle pose sa main bien à plat sur le haut du portillon. Provoquant un autre effet qui se matérialise en forme de scarabée par un dessin lumineux qui apparaît en surbrillance.

D'un bond, elle se retourne vers ses acolytes pour les prévenir et s'écrie:

- Ça y est, je me souviens !!! Le scarabée... un des sigles qu'il y avait sur le foulard... Oui voilà ! C'est ça... Je m'en souviens à présent !

Le chevalier De Rigaud :

- Pas de doute, ce doit être la clé pour franchir cet obstacle.

Carole :

- Il nous faut chercher un scarabée parmi tous ces indices.

Ugo :

- Il y a des inscriptions partout... Sur le mur de pierre... Dans la roche.

Carole réfléchit en fermant les yeux puis exulte:

- Sur une pierre, dans un coin !

Le chevalier ne tarde pas à repérer la pierre en question :

- Je l'ai trouvée !... C'est là mes amis !

Tous trois se regroupent confiant devant la roche en question, observent et analysent l'insecte sous toutes les coutures.

Ugo le regard interrogateur dirigé vers ses amis :
- Et maintenant ?...

Carole souffle pour dépoussiérer la gravure, puis nettoie d'un geste en balayant de la main les toiles d'araignées. Délicatement, elle caresse du bout des doigts et avec un certain plaisir l'insecte gravé en relief. Elle commence par les ailes puis remonte délicatement sur la tête où elle constate une petite rainure et deux petits cercles.

Carole s'exclame:
- Je crois bien… que cette fois… j'ai trouvé !!!

Les deux hommes admiratifs attendent la solution avec impatience. Carole les yeux remplis d'espoir regarde en direction de ses compagnons de route, tout en appuyant sur la tête du scarabée.
La réaction est instantanée, un bruit sourd se fait entendre avant que la porte libère l'accès.
Satisfaits, nos amis poussent des cris de joie et félicitent Carole, celle-ci heureuse apprécie avec fierté à quel point, elle est utile dans cette mission prenant conscience que tous trois forment une sacrée équipe. Ils entrouvrent le battant et s'engouffrent promptement dans les sous-sols du palais Monégasque.

- - - - - - - -

Au même moment, Albert en compagnie de ses compères se trouve aux abords du château. Ces chevaliers du monde obscur ont élaboré une stratégie pour intercepter la cible dès son arrivée. En homme averti, Albert sait que le malicieux apparaitra d'un instant à l'autre dans sa tenue de moine.

L'aubaine pour lui, est qu'il est accompagné seulement de son écuyer. Albert projette de frapper rapidement élaborant un timing minutieux pour agir avec une efficacité sans faille.

Raisonnant en grand stratège, il prépare un plan hors du commun en déterminant les tâches bien précises de chacun et ainsi imposer ses directives.

Albert :
- Vous !... Frère Georges vous détournerez son attention, quand à vous Frère Bernard, vous en profiterez pour l'exécuter.

Bernard suffoqué :
- Quoiiii Moi !! le tuer ?... Non, mais... Pourquoi moi ?

Georges :
- Vu votre passé, vous êtes la personne tout indiquée.

Albert :
- Frère Georges a raison !... Vous étiez dans

l'armée… Quand on a connaissance de toutes les batailles que vous avez vaillamment conduites… c'est évident, pour vous, cela ne peut être qu'un jeu d'enfant.

Bernard :

- Eh Là ! Du calme…   Ne confondons pas les

évènements …   C'était en tant de guerre et nous ne le sommes plus mes Frères!... Dites-donc… Vous rendez-vous compte, que vous m'ordonnez d'exécuter un homme ?!

Albert :

-   Pas d'état d'âme Frère Bernard ! À la guerre comme à la guerre… Nous sommes en mission, c'est pareil… En bon soldat…Vous exécutez les ordres, voilà tout ! Et puis… Vous avez combattu à de multiples reprises et ce n'est certainement pas la première fois que vous aurez du sang sur les mains.

Bernard déterminé:

-   Frère Albert… Après tout c'est votre mission, pourquoi ne pas l'exécuter vous-même ?

Albert agacé :

-   Mon Frère, justement c'est moi qui dirige les

opérations ! Je donne les ordres. De plus, je me dois d'être discret, mais soyez rassuré ... Frère Georges et moi, nous vous couvrirons ! Nous ferons en sorte de neutraliser son compagnon, ce qui vous permettra de mener à bien votre tâche. Ainsi, nous nous chargerons également de lui confisquer les pièces d'or, en souhaitant qu'elles soient bien en sa possession.

Bernard pour toute réponse chuchote :
- Attention mes frères, quelqu'un arrive !!!

Dans la pénombre, l'arrivée d'individus bavards interrompt soudainement la discussion. Difficile pour eux, de distinguer avec précision qui va là. Deux silhouettes avancent sereinement en direction du château, se dirigeant inévitablement vers l'embuscade tendue par les trois confrères. Elles sont encore hors d'atteinte mais l'écho de leurs discussions est très perceptible.
Les voix des ecclésiastiques émergent de cette ambiance nocturne et se mélangent aux chants des grillons, où viennent s'ajouter les lointains hululements des hiboux.
Dans ces moments où le silence semble en suspension, seul le ton de leur voix qui se rapproche, enlève le calme ambiant de la nuit.
Toute l'équipe d'Albert retient son souffle, et bien camouflée dans les fourrés se positionne

pour intercepter les inconnus.
L'exaltation est à son comble, ce qui les met dans un état de fébrilité, un peu confus.

Bernard et Georges se tiennent prêts à exécuter leur plan. Bernard lui, a déjà extrait la lame de son fourreau, il est bien décidé à en découdre le plus rapidement possible, afin cette fois de ne laisser aucune possibilité à son adversaire d'en réchapper.
Les deux hommes se rapprochent lentement, ils ne sont plus qu'à une centaine de mètres.

Georges murmure :
- Deux moines, oui ce sont eux, je les vois.

Albert :
- Soyez prêts mes frères, notre destin dépend de la réussite de cette ….

Il n'a pas le temps de terminer sa phrase qu'il sent une pointe lui piquer le cou. Il n'ose plus bouger. Se sentant pris au piège, il se retourne lentement, juste le temps de s'apercevoir que les combattants Chinois lui font face. Ce moment qui semblait si propice pour la bonne marche de leur mission, est anéanti en quelques secondes. Ils se trouvent eux-mêmes dans une position plus que défavorable.

Les Ninjas sont apparus, et ont pu s'approcher de nos chevaliers de l'ombre, tout aussi furtivement que la fois précédente dans la forêt, parvenant à les encercler, sans aucune difficulté.

Tous trois sont immobilisés, et bel et bien tenus en respect par ces sabres sans pouvoir bouger d'un millimètre.

Le moindre geste intempestif engendrerait le risque de se faire trancher la jugulaire.

Le premier ordre que leur intiment les guerriers asiatiques, est de déposer leurs armes au sol et de bien garder les mains en l'air.

Le second, de garder le silence, ce qui ne peut-en être autrement. Cette situation ne leur laisse aucune autre alternative, pas d'autre choix que s'exécuter.

Les prêtres quant à eux progressent sur le chemin, sans se douter une seconde de ce qui se trame dans ces buissons. Nos adeptes du monde obscur, impuissants, ne peuvent que participer malgré eux, en simples témoins qu'ils sont, à cet évènement historique qui se déroule sous leurs yeux et en direct de cette nuit du huit au neuf janvier 1297.

Les moines se présentent au pied du château, frappent un grand coup sur cette épaisse porte en bois. Aussitôt une petite trappe s'ouvre laissant apparaître au travers de petits barreaux, un visage de soldat qui demande :
- Qui va là ?

Francois Grimaldi :
- Nous demandons asile pour la nuit.

Le garde méfiant observe les deux protagonistes et constate qu'il a devant lui, des représentants de l'église.

François Grimaldi :
- Nous arrivons de Gênes et vous demandons le gîte et le couvert.

La sentinelle convaincue d'avoir face à lui deux serviteurs de Dieu, déverrouille sans précaution cette lourde porte avant d'en ouvrir le battant. Les deux hommes pénètrent en remerciant leur hôte d'un grand sourire, avant de sortir leurs épées et de le maintenir en respect.

En guise de signal, Pastori, le fidèle compagnon de route de François Grimaldi souffle dans une corne, afin de prévenir le reste de son armée positionnée à l'extérieur pas très loin du château. Aussitôt une armada de cavaliers arrive au grand galop. Malgré le bruit, la confusion, les cris, et les mouvements de foule, le reste de l'armée entre dans le palais sans effusion de sang. Le malicieux a bien réussi son coup, en s'emparant de la citadelle sans violence.

L'effet de surprise est tellement considérable, qu'il a pu manœuvrer cette prise seigneuriale sans rencontrer aucune résistance de la part de son adversaire

L'acte si improbable paraît d'une simplicité si puérile, que l'on peut le qualifier de chimérique et pourtant... François en quelques minutes a bien mérité son titre de malicieux.

Albert et ses compères spectateurs du vingt et unième siècle, restent stupéfaits devant cette scène irréelle digne d'un film de Spielberg. Ils sont abasourdis par ce spectacle et cette belle action où le temps semble faire une pause.

En attendant, Albert contraint et forcé de reconnaître que si près du but, son titre vient de lui échapper, sent monter en lui un sentiment de rage mêlé à un profond dégoût.

Pour voir ses assaillants, il pivote lentement sur lui-même, le regard noir maudissant plus que jamais ses agresseurs. C'est encore ce maudit effet de surprise qui lui a joué ce mauvais tour. D'ailleurs, où sont passés les assaillants ?

Complétement décontenancé par cette situation inattendue, les voilà contraint de reconnaître qu'ils se sont une fois encore évaporés tout aussi discrètement qu'ils avaient surgi. La réaction de nos captifs était instantanée, en se retournant brusquement pour répondre à cette nouvelle provocation. Mais face à eux, ils n'ont que le vide en guise de réponse, alors qu'ils cherchaient désespérément leurs attaquants pour, une fois pour toute en découdre.

Ils comprennent vite que colère, vengeance, et émoi ne font pas bon ménage. Ils se doivent de faire abstraction de ces inutiles états d'âme, car en cet instant mémorable, le seul objectif est de se concentrer sur la réussite de leur mission.

Bernard avec beaucoup d'hypocrisie :
- Dommage, j'étais prêt à accomplir ma mission.

Albert dégoûté, ne relève pas la remarque de Bernard qui sonne faux à désaccorder un violon puis s'interroge:
- Bon sang, d'où sortent ces hommes ?

Georges :
- Toujours ces mêmes chinois, je ne sais pas d'où ils viennent mais ils sont sacrément efficaces.

Albert irrité répond en laissant des intervalles

dans ses phrases :
- Frère Georges …. Vous …. Vous n'allez tout de même pas ….. Les valoriser …..Et pourquoi pas leur remettre une médaille tant que vous y êtes ? Non mais … C'est agaçant, alors gardez pour vous ce genre de remarque …

Georges confus :
- Désolé Frère Albert, ce n'était pas …

Albert toujours furieux lui coupe la parole en rajoutant :
- Je ne sais pas si vous avez remarqué, Frère Georges, mais pour votre gouverne, ils nous ont tout de même ridiculisés une seconde fois !

Bernard avec modération, intervient pour calmer la situation rappelant que le plus pressant était de se concentrer sur l'importance de leur mission :
- Mes frères, je pense que nous devrions saisir l'occasion d'entrer dans la place.

La sagesse en profite pour calmer le jeu, les faire réfléchir, mettant ainsi un terme à cette discussion stérile. Cela permet ainsi aux chevaliers de l'ombre de profiter du chaos qui règne, pour s'infiltrer dans le château.

Désormais, ils s'en remettent à l'improvisation pour tenter de conclure d'une manière positive ce voyage dans le temps.

Ils se décident à sortir de leur cachette avant que les portes ne se referment.

Albert :
- Trop risqué de garder nos masques, ôtons les et allons-y !!

Après s'être débarrassés de leur semblant de cagoule, c'est avec une saillante détermination qu'ils regagnent le chemin, bien décidés à entrer dans la citadelle. Profitant du passage des derniers soldats et dans cette invraisemblable confusion, ils s'introduisent sans difficultés dans l'enceinte. Une fois le porche franchi, ils se retrouvent dans la cour principale, au beau milieu d'un désordre indescriptible, c'est un véritable capharnaüm entre les locataires délogés du château et les nouveaux arrivants fraîchement débarqués.

L'ultime réflexe d'Albert est de tenter de repérer le nouveau maître des lieux. Il scrute le moindre recoin en vain, car celui-ci se trouve déjà dans la salle du trône.

François n'a pas perdu une seconde, il a déjà pris possession des lieux, et en profite pour se diriger directement vers ce majestueux fauteuil royale.

 A peine, prend-il le temps de l'admirer, qu'il y pose son séant sans délicatesse. Mais prend un malin plaisir à évincer son prédécesseur avec un mélange de satisfaction, d'ironie, et avec une grande courtoisie l'invite à faire ses valises dans les plus brefs délais.

Pendant ce temps, Albert et ses frères d'armes repartent pour la deuxième phase de leur mission en quête des pièces d'or.
Sérieusement concentrés et bien décidés cette fois, à retrouver ce deuxième moine, compagnon du malicieux.

Pastori !! Pastori !! Scande La foule qui l'encercle. Le deuxième moine est accueilli comme un héros. Celui-ci parade dans une démarche souveraine, le torse gonflé d'une fierté démesurée. Il s'apprête à passer sous les arcades du palais avant d'arriver dans les couloirs, entouré d'un impressionnant nombre d'admirateurs. Il agrippe fermement une besace en bandoulière ce qui n'échappe pas à Albert et les siens.

Ils jugent que c'est là, une véritable indication et restent persuadés désormais, que le trésor se trouve bien à l'intérieur de son aumônière. La difficulté reste celle d'approcher cet illustre personnage qui comme toute personnalité, bénéficie d'un cordon de partisans formant une ceinture infranchissable et protectrice. Après toutes les épreuves subies, ce n'est certainement pas cette illusoire protection déployée par la foule, qui va freiner leur démarche.

Ne se laissant guère impressionnés, les vaillants chevaliers prennent la décision de le suivre. Non sans mal et grâce à toutes ses bousculades, ils réussissent tout de même à s'en approcher. Une courte distance seulement les sépare, ils se faufilent péniblement ballotés par la masse, en tentant principalement de se maintenir dans son sillage.

Le plus dur étant fait, ils restent persuadés que leur but est pratiquement atteint, de surcroît cela va leur permettre d'aborder leur cible.

De tous, Bernard est celui qui réussit à être le plus proche, se retrouve à ses côtés, et tend le bras au maximum pour l'interpeller en essayant de saisir son épaule.

Mais, éloigné et repoussé par la foule telle une vague, une fois de plus, il échoue et ne peut que constater, un nouvel échec !!

Pastori, disparaît promptement à l'intérieur du bâtiment dès qu'il en franchit le seuil.

Ce barrage humain renforce cette inconfortable position, réduisant à néant et clairement cette fois, toutes chances de se procurer le butin.

Albert comprend que tout est perdu, pensant aux conséquences et au rapport qu'il doit remettre aux frères de la caverne. Il refuse de l'admettre et pour ne pas rentrer bredouille, il s'accroche encore à un dernier sursaut d'espoir.

Il n'abandonne pas les lieux, mais cherche une dernière idée et compte sur un miracle qui se produirait en sa faveur.

Avec son cerveau d'ingénieur informaticien, il a pour habitude d'anticiper les situations, mais là, pris au dépourvu, c'est le néant total. Pourtant bien résolu à trouver une issue victorieuse à cette histoire, il ne veut absolument pas s'avouer vaincu. L'espoir repose maintenant sur le grand intendant avec lequel, il doit entrer en contact très rapidement afin qu'il puisse lui venir en aide en le guidant. En premier lieu il faut s'écarter de cette foule et trouver un endroit assez discret, pour qu'il puisse actionner sa olvisio.

Les combattants de l'ombre ressortent de la forteresse pour retourner dans la forêt juste à proximité. Ce qu'ils effectuent rapidement et sans difficulté tant le site est boisé. Effectivement personne ne remarque la présence d'Albert et encore moins de ses allées et venues, ce qui facilite les déplacements du trio.

Albert nerveusement positionne la olvisio sur le sol, entouré par ses hommes qui eux aussi, révèlent des signes d'anxiété. Après un regard collectif et une profonde respiration, il se décide à l'actionner. Il effleure le centre de l'objet avec son index, suit des yeux attentivement la trajectoire de son doigt avant d'appuyer d'une légère pression. C'est alors que jaillit presque Instantanément un éblouissant faisceau de lumière.
L'image du Grand intendant apparaît floue puis en transparence, avant de se stabiliser. Le visage figé, le grand intendant semble sérieusement

contrarié par l'inefficacité de ses ouailles.

C'est après quelques demi-secondes de silence, qu'Albert prend la parole dans une atmosphère aussi pesante que glaciale.

Albert penaud :
- Mille excuses Grand intendant, nous avons échoué à deux reprises.

Le grand Intendant :
- Effectivement mes frères, et le mot échoué, me semble bien plus que faible. Vous avez raté, achoppé, manqué, failli et j'en passe, tous les synonymes réunis n'y suffiraient pas !!! Pour qualifier la manière dont vous avez mené cette mission !!!

Georges :
- Grand Intendant, je proteste !... Nous avons été victimes à deux reprises d'attaques par ces imprévisibles guerriers chinois.

Le grand Intendant :
- Frère Georges, Chinois ou autres vous n'avez pas été à la hauteur !!!

Bernard proteste à son tour :
- Grand intendant, s'il vous plaît ! Je demande

votre indulgence… Ils sont sortis de nulle part, ils nous ont pris par surprise… Nous n'avions pas d'alternative, c'était plus que de l'imprévu.

Le grand intendant :
- Mes frères inutile de vous enquérir de circonstances atténuantes. Sachez que ceux qui veulent réussir se donne les moyens, les autres se cherchent des excuses.

Albert tête baissée plus que désolé :
- Grand intendant, je comprends et accepte votre déception. Mais peut-être que tout n'est pas perdu… S'il reste un moyen, une ultime chance …Nous sommes prêts à la tenter, aidez-nous !

Le grand Intendant un peu plus détendu :
- Mon frère, le seul moyen désormais est d'explorer les entrailles du château. Il se dit qu'au cœur des archives, les écrits font état de l'existence d'un passage secret qui peut vous conduire directement auprès du Grimaldi ainsi qu'aux pièces d'or.

Georges impatient :
- Grand intendant… Co…comment pouvons - nous y accéder ?

Le grand intendant :

- Mes frères aux abords du rocher, se trouve une pierre à l'est, que le lever de soleil inondera de ses premiers rayons. L'entrée d'une caverne apparaîtra, la tête du scarabée l'ouvrira...

La communication est subitement interrompue.
En minutieux explorateurs, ils examinent avec attention tous les éléments de leur devinette, le moindre mot en détaillant la moindre syllabe. Ils déballent toutes les idées qui les mettraient sur la voie, à la recherche de cette fameuse pierre, mais toujours avec un profond questionnement.
Albert tente encore de reprendre la conversation avec le grand intendant mais malgré ses efforts et plusieurs tentatives, impossible d'établir la connexion avec la confrérie du cauchemar.

Georges :

- Mes Frères, il a bien été dit que le premier rayon de soleil à l'est éclairera la pierre que nous cherchons.

Bernard :

- C'est juste... Le soleil se lève de ce côté, donc allons par là.

Albert :

- Oui, mais ça n'est peut-être pas accolé au

château, cette pierre doit être en retrait. Venez mes frères, empruntons ce sentier.

Ils croisent plusieurs personnes qui entrent dans le château profitant que les portes soient encore grandes ouvertes. Leur accoutrement semble les rendre invisible car personne ne remarque leur présence. C'est avec prudence et patience qu'ils attendent avant de s'engager sur le chemin, qu'il y ait moins d'intrus. Les voilà repartis dans la partie boisée à l'est de la citadelle. Ils remettent leur masque en grands seigneurs de la nuit, et se déplacent avec aisance dans la pénombre.

Georges autant affirmatif qu'interrogatif :
- Mes Frères ! Il est bien question de rayon de soleil ?!

Albert confirme :
- Oui, ce sont bien là, les propos du Grand intendant.

Bernard émerveillé:
- Plutôt étonnante cette prophétie.

Georges revient sur sa remarque :
- Donc, mes Frères vous conviendrez avec moi qu'il y a un problème.

Bernard agacé :

- Arrêtez de tourner autour du pot Frère Georges.

Albert abonde dans le sens de Bernard et prend la parole à son tour :
- Frère Georges, venez-en au but ! Que voulez-vous dire ?

Georges emploie un ton un peu rebelle voyant que ses acolytes ne comprennent pas ce qui lui semble une évidence :
- Mes Frères, cela paraît plutôt logique, non ?

Bernard commence à s'énerver :
- Bon !... Vous allez nous dire une fois pour toute ce qui vous travaille ?

Albert également irrité ordonne à ses hommes de baisser d'un ton. Ce qui vexe Frère Georges, qui se mure dans le silence. Ils avancent tout de même très discrètement au cœur de ce petit bosquet dans une ambiance quelque peu tendue. Finalement ce silence calme la petite troupe qui reprend la conversation.

Albert en murmurant :
- Alors Frère Georges, faites nous participer à vos réflexions. Quel est le fond de votre pensée ?

Georges toujours un peu boudeur réitère sa question:

- Mes Frères !... On parle bien d'un rayon de soleil ?

Bernard et Albert étonné par cette question répondent en cœur:

- Ben oui on vous l'a déjà dit …

Georges :

- Ben oui comme vous dites, mes Frères. Alors là, il est où le soleil ? Vous êtes conscient qu'il nous est impératif d'attendre l'aube.

Albert qui commence à ne plus supporter la négativité de Georges, se fige, les traits de son visage se raidissent, la colère est à deux doigts de jaillir quand ….

Bernard :

- Chut ! Chut ! Taisez-vous mes Frères.

Albert stoppé net dans cet excès d'humeur se retourne vers Bernard :

- Quoi ?

Bernard insiste en murmurant, mêlant le geste à la parole, le bras tendu, montrant du doigt une direction :

- Chut mes Frères et écoutez. J'entends des voix de ce côté.

Albert et Georges se taisent, et se tiennent à l'écoute.

Georges :
- Oui, effectivement je les entends...

Albert :
- Vous avez raison Frère Bernard, elles viennent de... Derrière ces arbres, là dans cette direction !

Sans bruit, Ils se frayent un passage vers les fourrés en question, pour s'apercevoir que ce spectacle auquel ils ont le privilège d'assister est un véritable cadeau du ciel. Des dizaines d'hommes et de femmes sortent d'une caverne fuyant à toutes jambes ce lieu. Ils emportent avec eux des bibelots, sacs bourses, mallettes, cassettes, tout ce qui semble avoir de la valeur. Les trois amis comprennent qu'ils touchent au but. Ces fuyards ne sont ni plus ni moins que les habitants chassés par les nouveaux propriétaires du château.

Albert satisfait :
- Elle est là !! Oui ...Elle est là l'entrée du passa-

ge secret.

À présent, ils sont confiants et heureux de leur trouvaille, et décident de rester immobiles pour attendre que décampent les derniers fugitifs avant de s'engager dans la caverne.

Georges moqueur :
- Eclairera… Entrera… La tête du scarabée ouvrira… Ha ! Ha ! Ha ! Ben voilà ça ira, et on s'en passera !!!

Sa raillerie, permet à Georges et son entourage de se détendre un peu, eux qui depuis quelques temps baignaient dans un climat de discorde. Finalement ces instants de relâchement les aident à patienter plus sereinement. Il n'aura pas fallu longtemps pour que les derniers vaincus ne déguerpissent. Alors les chevaliers du cauchemar prennent l'initiative de s'introduire dans la grotte. A peine ont-ils franchi l'entrée du passage que celui-ci se referme comme par enchantement, ce qui ne semble aucunement les perturber.

Ils sont plus déterminés que jamais à retrouver la besace de l'homme qui la portait en bandoulière, c'est pourquoi ils s'élancent d'un pas décidé dans ce ténébreux labyrinthe. Ils empruntent un couloir, puis un autre, et enchaînent avec un nouveau, mais est-ce bien le bon ?

Le doute s'installe, cela paraît sans suite, alors que face à eux, une multitude de petites galeries dévoilent chacune une ouverture dans plusieurs directions différentes. En effet, ils saisissent la difficulté de ce nouveau casse-tête auquel ils vont devoir faire face, et choisir la bonne destination. Les voilà, dans un espace nettement plus large, éclairé par une torche abandonnée, offrant de nombreux choix d'ouvertures.

Georges :
- Comment choisir...Laquelle prendre sur les six ?

Bernard :
- Effectivement... Là !... Nous avons un sérieux problème.

Albert :
- C'était trop beau, croire que c'était gagné... Réfléchissons un peu ... Cherchons attentivement mes frères, il doit y avoir un indice.

Ils explorent chaque cavité, utilisant la torche qu'ils décrochent de la paroi. Elle dégage une faible luminosité, mais suffisante pour analyser chaque antre du sol au plafond, en passant par les parois de part et d'autre.

Bernard le nez en l'air hume à plusieurs reprises dans cette alvéole avant d'affirmer :
- Mes frères, j'ai l'impression que de cette galerie émane une odeur de graisse brûlée...

Georges dilate au maximum ses narines :
- Frère Bernard à raison, c'est une certitude, l'odeur est bien présente.

Albert conclus :
- Cela confirme qu'il y a bien des gens qui sont passés par là, c'est donc la sortie du palais...

Ils retrouvent la confiance qui leur manquait, et s'engagent dans cette anfractuosité, reprenant un rythme de marche un peu moins hésitant.

- - - - - - - -

En parallèle, Ugo et ses condisciples marchent également d'un pas décidé dans un passage proche, avec le même objectif, la recherche du butin.

Sans le savoir, ils sont dans le même souterrain et se dirigent tout droit vers un face à face fatal. La rencontre de Carole et ses chevaliers, semble inévitable avec Albert son mari.

Les deux groupes continuent leur exploration sans se douter une seconde de ce qui les attend.

Les congrégations vouées à un face à face arpentent ces couloirs obscurs, dans la plus totale ignorance.

Leur seule intention s'affiche à chaque pas, celle d'une volonté progressive de vouloir s'approcher du but. La distance qui les sépare diminue peu à peu. Ces gigantesques toiles d'araignées, sans oublier quelques chauves- souris qui volent au-dessus de leur tête, se chargent d'épouvanter Carole, seule représentante de la gent féminine.

Un sursaut suivi d'un petit cri d'effroi à chaque manifestation que ce soit des arachnides, ou des chiroptères ou parfois des deux à la fois.

Même, si elle n'oublie pas l'objet de leur mission, ces affreuses petites bêtes qui lui sont plus que désagréables, ont pour effet, de lui donner l'envie pressante de rebrousser chemin et de décamper définitivement de cet endroit.

Sans aucun regret, ils abandonnent derrière eux, cet interminable couloir plutôt terrifiant, pour enfin déboucher sur une aire aussi large qu'un amphithéâtre.

Les réflexes de ces parfaits aventuriers, sont toujours les mêmes, prudence, patience et précaution, c'est une évidence devant ce grand choix d'ouvertures qui leur est offert.
L'éternelle question se pose. Quel est le bon passage ?

Avant de choisir, ils examinent et font le tour de cette immense cavité, détaillant chaque entrée l'une après l'autre. Quand arrive le moment de choisir un passage et de s'y engouffrer, ils sont interrompus dans leur élan par une voix venue de nulle part :
- Je ne vous conseille pas cet itinéraire !

Ils se retournent, lèvent la tête, saisi de surprise et d'un peu de frayeur, pour découvrir, une fois de plus cette petite fille en blanc, en suspension dans les airs, flottant devant eux.

La petite fille :
- Si vous passez par là, vous allez au-devant un grand danger !

Le chevalier de Rigaud encore sous la surprise de cette apparition, à laquelle au fond, il commence à s'habituer, interroge du bout des lèvres :
- Petite … De quel côté, devons-nous aller ?

La petite fille :
- Laissez-vous guider par votre intuition sans oublier les conseils de Maltérius. Mais surtout évitez ce passage !

Il suffit d'un instant à nos trois amis déconcertés, pour être totalement désorientés par les propos de la fillette en blanc. Stupéfait, ils se dévisagent tous trois, puis leurs regards revient sur l'ange, qui une fois encore c'est volatilisé.

Quand tout à coup, le chevalier de Rigaud qui précède son petit groupe, érige subitement telle une barrière, le bras droit en stoppant net la marche de ses compagnons. Il place un doigt devant ses lèvres, mimant le silence.

Personne ne bouge, sans trop comprendre mais la réponse arrive sans tarder, instantanément et d'elle-même.

Le chevalier De Rigaud chuchote :
- Entendez-vous ?

Carole répond à voix basse :
- Oui… J'entends des voix…Nous ne sommes pas seuls dans ce tunnel.

Ugo acquiesce d'un signe de tête.

Le chevalier De Rigaud :
- Il me semble qu'elles se rapprochent…

Carole :
- C'est juste… Elles ne sont pas très loin.

Les voix de plus en plus distinctes, présage une rencontre imminente entre les deux confréries. Celle du cauchemar et des rêves… Albert et ses disciples, vont se retrouver face à Carole et ses équipiers.

Seulement quelques mètres les séparent…

Ugo et les siens reculent expressément pour se retrancher dans la cavité la plus encaissée, de la grotte. Ils se cachent dans ce premier endroit qui leur est offert, très sombre, sinistre, mais formant la plus idéale des cachettes.

Les hommes masqués vont bientôt apparaître dans l'antre de leur galerie...

Albert arrive le premier dans cet espace quand un léger grondement retentit, et freine son élan.

Ugo se plaque contre la roche en même temps que Carole et le chevalier De Rigaud, pour épouser au maximum la forme de celle-ci. Ils sont eux aussi vraiment au plus près de ce puissant et étrange bruit sourd. Loin d'imaginer que c'est Carole qui vient d'actionner en toute ignorance le système qui active la rotation du mur. Alors qu'elle cherchait à se faire la plus discrète possible en se collant au maximum contre la roche. Elle venait par inadvertance de poser par inadvertance sa main sur une pierre, plus en relief que les autres. Instantanément une partie du mur a pivoté sur lui-même ce qui les projette dans un autre souterrain. Suite au bruit généré par la roche, les chevaliers du cauchemar, en proie à une certaine nervosité, décident de ne pas s'en préoccuper. Ils sont beaucoup trop obsédés par leur mission et préfèrent poursuivre vaillamment leur périple, très loin de deviner l'importance de l'évènement qui vient de se dérouler si près d'eux.

Quant aux chevaliers des rêves, ils sont saisis par l'incompréhension de ce qu'ils viennent de vivre. Pendant de longues secondes, ils restent tout de même immobiles, avant de réaliser qu'ils l'ont échappé belle face à ces inconnus, avec qui la confrontation aurait été inévitable.

Ils retrouvent leurs esprits en observant le changement de décor de ce curieux contexte et, réalisant qu'ils viennent de passer en moins de deux fractions de seconde, d'une profonde obscurité à une clarté lumineuse de cet aven d'où émane une onde de sérénité. Les voix ont disparu, les hommes avec ...

Ugo :
- Incroyable !!!

Carole :
- Nous sommes passés de l'autre côté de la paroi !

Ugo :
- A croire que nous sommes guidés par cette

main invisible.

Carole :
- Je pense plutôt à cet ange, qui se manifeste toujours au bon moment.

Ugo :
- J'ai ce beau sentiment d'être constamment accompagné par sa présence !!

Le chevalier De Rigaud :
- Comment ça ?

Ugo :
- Oui… Tout le temps, et cela dure depuis des années.

Le Chevalier De Rigaud :
- C'est-à-dire ?

Ugo :
- Depuis ma plus tendre enfance, je l'ai toujours vu intervenir… D'une manière ou d'une autre… Lorsque j'étais dans des situations délicates. Mais il y a eu, cette longue interruption jusqu'à mon accident.

Le chevalier De Rigaud :
- Pendant l'accident… elle était là aussi?

Ugo indécis :
- Heuu… Disons ouiii …Et non…

Carole :
- Comment ça ?…Explique-nous… ?

Ugo reprend essayant d'être plus clair :
- Non ! Elle n'était pas avec moi dans la voiture, mais après l'accident, oui ! Elle était là, assise sur le trottoir à m'observer. J'étais me semble-t-il le seul à la voir. Cette présence rassurante était un fabuleux soutien par son regard apaisant et son sourire angélique.

Le chevalier De Rigaud :
- Je ne sais pas si la petite fille Ange y est pour quelque chose, mais en attendant, merci Carole d'avoir actionné le mécanisme.

Carole pleine de gratitude :
- Je suis persuadée qu'il n'y a pas de hasard. De toute évidence, cet ange qui nous est tombé du ciel nous protège… Nous n'avons plus le droit de douter.

Après avoir observé ce passage dans le moindre détail, le chevalier de Rigaud ouvre la marche, Ugo et Carole suivent de bonne grâce.

Ugo :
- C'est étrange… J'ai une curieuse impression.

Carole :
- Comment ça?

Ugo :
- Je ne peux l'expliquer… Mais c'est assez mystérieux … Cet endroit est…

Carole :
- Il faut reconnaître que depuis le début de cette mission, tout est mystérieux, qu'y-a-t'il de nouveau?

Ugo très concentré :
- La roche, on dirait que ce n'est pas la même que dans l'autre tunnel.

Les deux compagnons n'osent pas le contrarier et préfèrent se taire en le laissant continuer son analyse.

Ugo ne voyant pas de réaction reprend :
- Et cette luminosité, vous ne trouvez pas ça curieux ?… Alors qu'il n'y a aucune torche.

Carole forcée de constater, se rend à l'évidence :
- Effectivement… Je n'avais pas remarqué ce

détail.

Le chevalier De Rigaud :
- Vous avez raison Ugo ! Cela ne m'avait pas sauté aux yeux non plus.

Ugo :
- Donc, vous convenez avec moi que cela est bizarre… Alors d'où peut –elle provenir?

Cette fois personne ne réussit à apporter une réponse assez cohérente, mais ils y réfléchissent tout en continuant leurs avancées, emportant avec eux, une interrogation supplémentaire. Il ne demande qu'à suivre le chemin débarrassés de leur inquiétude, mais emporte avec eux, un regain de curiosité tout en arpentant cette galerie qui commence à leur jouer des tours.

Carole surprise alerte ses amis :
- Vous avez vu ?

Le chevalier De Rigaud :
- Non !! Vu quoi..?

Carole montrant du doigt:
- Là ! Sur le mur… Il y avait une carte.

Nos amis tournent promptement la tête dans la

direction indiquée, mais constate que le mur est bien terne, sans carte ni aucune trace de quoi que ce soit.

Carole gênée :
- Mais si, croyez-moi!... Je vous assure qu'il y avait un dessin, comme celui sur le foulard que le vieil homme m'avait offert.

Ugo ne dit rien, mais ayant entendu ses pensées, il sait que Carole dit vrai. Le chevalier De Rigaud à quand à lui, un léger doute sachant que parfois dans les souterrains, on peut être victime de gaz déclenchant des hallucinations.
Carole dépitée de ne pouvoir prouver ce qu'elle vient réellement de voir, suit les deux hommes et se questionne intérieurement :
- Je ne suis pas folle quand même... J'ai bien vu... Ce que j'ai vu, c'est dingue ça... Bah ! Je vois bien qu'on ne me croit pas... Pourtant je ne divague pas...

Il n'a suffi cette fois que de quelques pas pour que le phénomène se reproduise.

Soudain le chevalier De Rigaud s'exclame avec enthousiasme:
- Regardez mes amis ! Nous sommes arrivés, les pièces d'or sont sur la paroi !!!

Cette fois, c'est bien Carole et Ugo qui se lancent un regard étonné, alors qu'eux ne voient rien. Ils adressent à leur tour au chevalier De Rigaud un regard, plein de compassion, le même qu'il avait lui-aussi émis un instant plus tôt, envers Carole. Pourtant Carole est persuadée qu'il a vu ce qu'il dit. Elle n'a aucun doute là-dessus, mais ne peut s'empêcher de prendre sa revanche. Rancunière, elle savoure, trop contente de pouvoir lui rendre la monnaie de sa pièce, en lui renvoyant le même doute qu'il lui avait adressé. Intérieurement, elle jubile, à mille lieux de se douter qu'Ugo est aux premières loges de ses pensées et qu'aucune de celles-ci ne lui échappe. L'illusion des pièces d'or disparaît, les laissant une fois de plus s'habituer à cette aventure, qui les plonge sans cesse dans la perplexité. Retrouvant leurs esprits, mais constamment sur leur garde, ils reprennent leur foulée dans un couloir où règne cet éternel silence.

Un autre évènement singulier ne tarde pas à se produire devant eux. Les trois acteurs peuvent désormais témoigner de la scène conjointement.

Face à eux un flot de faisceaux lumineux d'un bleu électrique traverse la cavité de part et d'autre. Ils ne bougent plus devant ce spectacle fascinant généré par les éclairs qui jaillissent.

En moins de temps, qu'il ne faut pour l'observer,

ils se retrouvent au cœur de cette éruption lumineuse, où d'invraisemblables rayons les transpercent de toutes parts. En même temps cette extraordinaire expérience immatérielle, leur laisse entrevoir une porte en surbrillance, surplombée d'un scarabée. Ils ne peuvent que subir et attendre la fin de cet épisode surnaturel avant de pouvoir exprimer une réaction.
Ils essaient de dompter la frayeur qui les habite, quand ce phénomène s'interrompt subitement.
Au terme de cette luminescence, la porte reprend un aspect ordinaire, confirmant cet âge ancestral au regard de la vétusté des boiseries.

Le chevalier De Rigaud formel :
- Il n'y a pas de système d'ouverture !

Ugo :
- Peut être devrions-nous chercher de nouveau un scarabée gravé dans la roche ?

Carole poussée par une foi incroyable se présente d'instinct face à l'encadrement, continuant la gestuelle en apposant ses deux mains bien à plat sur la façade de bois. Des vibrations sur la porte leur donnent la tremblote avant qu'une poignée de bronze apparaisse en traversant la matière, pour finalement s'immobiliser et se matérialiser. Les voilà désormais avec le pommeau qui va leur servir d'ouverture.

Carole victorieuse s'empresse de poser la main sur celui-ci, ce qui déclenche la gâche permettant à la porte de s'entrebâiller lentement avec un léger grincement.

Le chevalier De Rigaud voulant lui éviter tout danger, lui chuchote au creux de l'oreille :
- Attendez.. Laissez-nous passer…

Carole sans répondre, l'esquive d'un mouvement d'épaule pour lui céder la place. Ugo s'engage aussi prudemment en suivant le chevalier.
Au passage innocemment Ugo effleure Carole, son regard se plante dans le sien, et malgré la rigueur du silence dans ces circonstances, il capte les pensées de sa dulcinée, dont la teneur des propos le plonge dans un état émotionnel qu'il a du mal à dissimuler.

Carole pense :
- Décidément, tu me fais chavirer le cœur, certes ce n'est pas le moment, mais j'ai une envie folle que tu me prennes dans tes bras …

Le chevalier De Rigaud assiste quelque peu gêné à cette scène de « roucoulades silencieuses ». Interrompant sans hésitations les tourtereaux :
- Heu… Il me semble les amis que nous devons y aller !!

Coupés dans leur élan de tendresse, le regard des amants virtuels se tourne vers le chevalier, alors qu'Ugo encore tout émoustillé répond
- Oui !! Oui !! Allons-y ...

Carole toujours en émoi talonne son bien-aimé en marmonnant :
- Mince , Encore loupé, toujours quelque chose pour nous arrêter.
Ils se retrouvent et entrent posément dans la pièce, sans se préoccuper de l'environnement. Le chevalier s'arrête au premier pas, Ugo et Carole à ses côtés en font autant. A présent Ils sont tous trois figés telles des statues, à ne plus savoir que faire, impressionnés par la vision de l'endroit où ils se trouvent.

Un long silence qui leur semble infini s'installe avant qu'une voix les invite :
- Je vous en prie, veuillez entrer s'il vous plaît ! Approchez-vous ...

Surpris par cette courtoise invitation, le trio reste sans voix et a bien du mal à se décider. Ils ont la vision de cet homme, de dos, assis, caché par le dossier de son imposant fauteuil, qui réitère d'une voix solennel :
- Avancez...N'ayez crainte !!!

Ils se décident enfin ? Avançant timidement d'un

pas retenu. Après avoir parcouru la distance qui les sépare du bureau, ils s'arrêtent à la hauteur de leur hôte.

La situation est tellement improbable, que leur premier réflexe est de jeter un coup d'œil furtif autour d'eux, cherchant à savoir s'ils ne sont pas victimes, cette fois encore d'une nouvelle hallucination. Ils détaillent et passent en revue chacun des éléments qui agrémentent et illustrent cette pièce. Ils aperçoivent, ici de vieux portraits de famille, là des armoiries, des livres.

L'hôte reprend la parole :
- Bonjour mes amis, je suis heureux de vous accueillir.

Ensemble, d'une même voix , ils répondent :
- Bonjour Monseigneur !

L'hôte se lève interrompant la formule de politesse de nos chevaliers des rêves en les accueillant à bras ouverts :
- Bienvenue à vous mes amis, c'est pour moi une joie de vous recevoir. Il y a longtemps que j'attends votre arrivée ...

La stupéfaction se lit sur tous les visages, ils n'y comprennent rien, avant qu'Ugo, encore sous le choc, ose prendre la parole :

- Comment ça… Vous nous attendiez ? …On ne rêve pas … Est-ce bien vous Monseigneur ?

L'hôte avec un large sourire :
- Oui Ugo !! C'est bien moi, et comme je viens de vous le préciser, cela fait longtemps que l'on m'avait prédit votre venue.

Instantanément nos trois élus s'inclinent devant leur hôte afin de le saluer, chacun leur tour :
- Monseigneur! C'est un grand honneur pour nous…
C'est grâce à cette rencontre exceptionnelle, qu'ils réalisent à présent dans quel lieu ils se trouvent et surtout le bond quantique qu'ils viennent de franchir dans le temps pour se retrouver là. A présent, tous les détails autour d'eux, qui leur avaient échappé surgissent, en commençant par cet écran de télévision, cet ordinateur portable, la tablette, le smartphone et toutes ces choses qui auraient dû attirer leur attention et anticiper leur réaction.

Il ne leur reste plus de doute, ils ont bien franchi cette incroyable barrière du temps pour revenir à l'époque actuelle. Puis l'usage protocolaire de politesse achevé, son Altesse Sérénissime le prince Albert se dirige vers un mur orné de tableaux. Au pied de toutes ces œuvres se trouve un secrétaire Louis XV, où il tourne une clé.

L'interaction est immédiate, suite à un petit claquement qui résonne dans le mécanisme, la clé libère l'ouverture de son couvercle qui s'ouvre instantanément. Le prince Albert en récupère le contenu avant de le déposer sur son bureau.

Il s'assoit invitant ses convives à en faire autant. Tous trois s'exécutent, sans quitter des yeux, les objets que le prince vient de poser délicatement sur son sous-main de cuir.

Puis son altesse brise le silence et reprend la conversation :

- Mes amis… Mes ancêtres m'ont divulgué un grand secret qui ne peut se transmettre qu'avec parcimonie seulement à un seul descendant et rien qu'un… Juste une fois à chaque génération … Cela fait maintenant, plus de huit cents ans que cette cassette est détenue dans le giron des Grimaldi.

Les chevaliers restent interloqués, tout d'abord par le contenu de ce récit mais également et avant tout par le privilège et le grand honneur de participer à cet évènement.

Le prince Albert déroule un parchemin et lit :

- Message secret… Ce communiqué restera dans

la confidence de génération en génération, jusqu'au jour où les élus se manifesteront. Il vous faudra tenir compte de ce message « La porte du temps s'ouvrira, l'élu apparaîtra et la cassette tu donneras ».

Ils écoutent très attentivement, les yeux rivés sur les objets alors que le prince leur explique :
- Après tous ces siècles d'attente, vous voilà enfin, car tous mes ancêtres auraient souhaité éprouver avant moi l'immense plaisir de vous rencontrer. Vous arrivez enfin au bout de votre mission, voici donc la cassette contenant les trois pièces d'or que vous recherchez.

Il remet l'objet dans les mains d'Ugo qui le saisit en le remerciant. Celui-ci s'empresse d'ouvrir le coffret qui laisse apparaître la couleur des pièces d'or. Il brandit joyeusement la cassette sous les yeux de ses compagnons, tout comme le ferait un vainqueur exhibant son trophée.

Le prince Albert :
- Avec ça, votre maillon est enfin complet, il ne vous reste plus qu'à assembler les autres indices.

Ugo :
- Merci infiniment Monseigneur !!

Le prince Albert :

- Ne me remerciez pas, car me voilà désormais soulagé d'avoir pu dévoiler ce secret. Encore une dernière chose... Il me faut aussi vous remettre cela.

Il tend la main en direction de Carole et lui remet un objet cylindrique qu'elle attrape délicatement. C'est un tube qui visiblement renferme quelque chose.

Carole remarque comme un couvercle sur l'une de ses extrémités. Elle le dévisse pour libérer son contenu, et glisse précautionneusement ses doigts très fins à l'intérieur pour en extraire une somptueuse étoffe, puis s'exclame :

- Incroyable !... Il ressemble au foulard que j'ai égaré lorsque j'étais plus jeune.

Le prince Albert confirme :

- C'est bien ce foulard que le Vieil Homme vous avait offert. Lorsqu'il s'est rendu compte que vous étiez trop jeune pour comprendre son importance, il a fait en sorte de le récupérer et s'est arrangé pour me le confier, afin que je vous le restitue lors de votre passage. Désormais voilà qui est fait... En ce qui me concerne, j'ai accompli ma mission.

Carole :
- Merci Monseigneur, dorénavant je ne m'en séparerai plus.

Le prince Albert :
- Ce serait préférable, il demeure un élément indispensable, pour la recherche de vos autres indices. Il contient tous les tenants dessinés sur sa soie.

Quelqu'un frappe à la porte... Aussitôt le prince ordonne aux élus :
- Vite personne ne doit vous voir... Hâtez-vous de quitter mon bureau !

Avec précipitation, sans même saluer leur hôte, les trois missionnaires s'éclipsent par le même chemin qu'ils avaient emprunté pour arriver, emportant leur précieux butin.

Le Prince Albert les regarde disparaître derrière ce passage magique, se réinstalle calmement dans son fauteuil, met de l'ordre sur son bureau et ordonne :
- Entrez !

La porte s'ouvre et quelqu'un annonce :

- Monseigneur, votre rendez-vous est arrivé, Monsieur Albert Tinon !!!

Albert, le mari de Carole, en costume cravate fait son apparition dans le bureau du prince ….

…….. FIN DU TOME 2 …..

Remerciements

À Toute mon équipe et leur soutien s'en faille.

 À Alireza ABBASSI brillant graphiste doté d'un talent inégalable en créativité.

À Patricia SADOK pour son attentive relecture et corrections.

À Angèle CIRANNA pour son attentive relecture et corrections.

EDITIONS - PRODUCTION   MSAC

121 Avenue des Champs Elysées
75008 PARIS

www.ugochevalierdesreves.fr
www.mysecretangelcompany.com

Dépôt légal - 000318114
26 Septembre 2018

www.ingramcontent.com/pod-product-compliance
Lightning Source LLC
Chambersburg PA
CBHW070446260626
47161CB00004B/1218